Gaby Hauptmann
Frauenhand auf Männerpo

Gaby Hauptmann, geboren 1957 in Trossingen, lebt als freie Journalistin, Filmemacherin und Autorin in Allensbach am Bodensee. Ihre Romane »Suche impotenten Mann fürs Leben« (1995), »Nur ein toter Mann ist ein guter Mann« (1996), »Die Lüge im Bett« (1997), »Eine Handvoll Männlichkeit« (1998), »Die Meute der Erben« (1999), »Ein Liebhaber zuviel ist noch zuwenig« (2000), ihr Erzählungsband »Frauenhand auf Männerpo« (2000) und »Mehr davon« (2001) sind Bestseller und wurden in zahlreiche Sprachen übersetzt.

Gaby Hauptmann
Frauenhand auf Männerpo

und andere Geschichten

Piper München Zürich

Von Gaby Hauptmann liegen in der Serie Piper außerdem vor:
Suche impotenten Mann fürs Leben (2152)
Nur ein toter Mann ist ein guter Mann (2246)
Die Lüge im Bett (2539)
Eine Handvoll Männlichkeit (2707)
Die Meute der Erben (2933)
Ein Liebhaber zuviel ist noch zuwenig (3200)

Taschenbuchsonderausgabe
Mai 2001
© 2000 Piper Verlag GmbH, München
Umschlaggestaltung: ZERO München
Illustration: Elke Ehninger
Satz: Uwe Steffen, München
Druck und Bindung: Clausen & Bosse, Leck
Printed in Germany   ISBN 3-492-23114-4

Ich hasse Übermütter. Und ich hasse Karrierefrauen, die alles locker unter einen Hut bekommen. Denn nichts davon ist wahr, oder zumindest das meiste beschönigt, übertrieben. Sie machen sich wichtig damit und finden sich toll. Schaut her, mit meinen angeklebten Fingernägeln habe ich alles fest im Griff, denn ich bin ein Organisationstalent. Keiner kommt bei mir zu kurz: Mein Püppchen ist mein Sonnenschein, für meinen Mann koche ich Trennkost auf koreanisch, meinen Körper forme ich jeden Tag, zum spirituellen Training meines Geistes fliege ich regelmäßig in ein Kloster nach Nepal, und meine Kunden bewundern mich als eine gelungene Mixtur aus *Wirtschaftswoche* und *Vogue*. Des Nachts bemühe ich mich selbstverständlich um eine ausgeglichene Libido.

Was sonst.

Allen Frauen in ihrer Umgebung begegnen sie mit einem »Ich weiß gar nicht, was ihr habt« und ziehen sich dabei gekonnt die Lippen nach.

Glauben Sie es nicht. Irgendwo liegt da die Leiche im Keller. Denn Erfolg, Schönheit, Kind, Sport und Mann sind sicherlich zu vereinbaren. Für viele Frauen muß es vereinbar sein. Aber nicht an einem Tag, und selten in einer Woche.

Nehmen Sie mich.

Ich habe Kind und Freund, darf aus meinen eigenen Büchern vorlesen und für den *Stern* schreiben. Und das ist schon alles. Mein letzter Kosmetikbesuch war, als meine Freundin mich im Krankenhaus besuchte und mir dort eine Maske angedeihen ließ, und kürzlich ging ich auf Drängen einer anderen Freundin mal wieder ins Karate – nach siebzehn Jahren, obwohl ich einen Grün-Gurt habe. Mein Pferd ist ein Freigänger und gehört inzwischen einem anderen Karottenverteiler, Flüge buche ich nie, weil ich keine Zeit für Urlaub habe, und angeklebte Fingernägel hätten bei mir die Lebensdauer von höchstens einer Stunde, dann würde ich wieder richtig zupacken wollen.

Bin ich eine Karrierefrau?

Ich denke schon, dennoch. Es gibt Frauen, denen bleibt nichts anderes übrig, als Karriere zu machen, denn sonst werden sie zum Sozialfall. Ich bin so eine. Meine Tochter zum Beispiel ist ein nachträgliches Wunschkind. Hätte ich sie geplant, wäre ich heute noch kinderlos, denn ich hätte mich nicht getraut, mich freiwillig in den Status der Superfrau zu begeben. Freischaffend, alleinerziehend, prädestiniert dazu, unterzugehen.

Die neidischen Blicke nach den Nachbarstaaten, wo schon Kleinstkinder tagsüber untergebracht werden können, ohne daß es das eigene Gehalt kostet, nützen nichts. Ich lebe in Deutschland.

Kampf war angesagt, voller Einsatz, jonglieren mit den Unmöglichkeiten des Lebens. Fragen Sie mal einen Mann, wie er alleine mit einem Kind und Beruf klarkommt. Ohne Frau. Geht nicht, ist in neunzig Prozent der Fälle die Auskunft, begleitet von erstauntem Kopfschütteln.

So ein Quatsch, dazu sind doch Frauen da. Frau, Beruf und Kind? Geht! Wenn Männer Frauen nichts zutrauen, das trauen sie ihnen zu. Danke!

Ich habe Gerhard Schröder bei einer Talkshow angedroht, in die Politik zu gehen, denn vielleicht habe ich ja doch einmal die Chance, für Dinge zu kämpfen, die nicht nur mich angehen.

Aber dafür braucht es eine Lobby. Dazu braucht es viele junge Frauen, die sich dazu entschließen,

Beruf und Kind zu vereinbaren. Sich nicht hoch-qualifiziert als Bauklötzchenstaplerin abqualifizieren zu lassen. Fünf Studienjahre, um zu wissen, wie die Spülmaschine funktioniert? Den Doktor, um sich als höchstes Ziel einer promovierten Mutter in den Kindergarten-Elternbeirat wählen zu lassen?

Nein, um arbeiten zu können, brauchen wir die Bedingungen dazu. Kindergärten mit Schichtbetrieb, Möglichkeiten zum Essen und Schlafen. Geht nicht, sagen die Männer.

Nehmen wir doch einmal unsere Sprößlinge und setzen sie den Abgeordneten während einer Bundestagsdebatte auf den Tisch: »Halten Sie doch mal bitte, bin in fünf Stunden wieder zurück.« Mal sehen, wie schnell sich Dinge bewegen lassen, wenn man plötzlich mit den Tatsachen konfrontiert wird und nicht mehr in höheren Politikerebenen schwebt.

Wenn wir dann den Boden für unsere Arbeit geschaffen haben, brauchen wir nur noch die passenden Männer. Einen Mann vom Kaliber: »Du warst heute zwar zehn Stunden im Büro, aber warum sind die Betten nicht gemacht?« schicken wir ins Männerhaus. Wir brauchen Partner. Keine Erpresser. Und keine, die uns mit ihren Erwartungen drangsalieren. Hast du dies, hast du das, warum tust du nicht, warum läßt du mich nicht?

Wenn die jungen Frauen verstanden haben, daß sie den Märchenprinzen in sich selbst entdecken müssen, dann ist schon viel gewonnen. Kein Warten auf den großen Blonden mit dem großen Geldbeutel. Selber machen! Kein Warten auf einen Mann, der einem alles erlaubt. Sich selber was gönnen!

Frau und Karriere, Frau und Beruf. Es liegt an uns. Es liegt daran, daß wir uns nicht als Schatten hinter irgendwelchen breiten Schultern verstehen. Es liegt an uns, ein Netzwerk aufzubauen, wie Männer uns das schon längst vormachen. Sie klammern sich aneinander, lassen ungebetene Gäste (weiblicher oder außerirdischer Art) nicht hinein, bestimmen, wer wo und wann in Führung geht, machen es unter sich aus. Na bitte!

Wir haben auch Schultern. Vielleicht nicht so stark, aber dafür flexibel, diplomatisch und anpassungsfähig. Und vor allem haben wir ein gemeinsames Interesse: Wir wollen einen Beruf, wir wollen Erfolg, wir wollen vielleicht ein Kind, und wir wollen möglicherweise einen Mann. Aber wir bestimmen. Über unseren Körper, über unseren Weg und über unser Ziel.

Und wenn es uns endlich klar ist, daß es ganz alleine an uns liegt, ob wir Arbeiterin, Sachbearbeiterin oder Chefin werden, ob wir fordern oder geben wollen, ob wir ledig bleiben, heiraten oder mit einer

Frau zusammenziehen wollen, wenn wir uns von der öffentlichen Meinung, von der Meinung der Chefs und von der Meinung der Nachbarn unabhängig gemacht haben, dann haben wir ihn endlich kapiert, den schlichten Satz:

»Ich bin auch wer!«

Geträumt

Ich habe das Glück gerochen und gesehen. Es war wie ein Sonnenstreifen auf meiner Haut. Der Morgentau benetzte meine Füße, und ich war glücklich. Glücklich – denn der Tag hatte begonnen, die Nacht war vorbei, ich spürte, ich sah, ich roch, ich lebte. Alles, was ich war, war ich jetzt, in diesem Augenblick. Eine Spinne, die ihr Netz verließ, eine Raupe, die zum Schmetterling wurde, eine Ameise, die ihren Ballast abwarf. Um mich herum lebte, zirpte und summte es, und ich war ein Teil davon. Einfach ein Teil und trotzdem unverwechselbar. Ich war ich. Welch ein Traum.

FRAUENHAND AUF MÄNNERPO

Als er an ihr vorbeiging, stellte es ihr mitten im Satz das Lächeln ab. So einen Hintern an einem Mann hatte Lisa noch nie gesehen. Instinktiv drehte sie sich nach ihm um. Seine Figur, seine Haltung, seine Art, sich zu bewegen – alles wirkte kraftvoll und dennoch geschmeidig, mehr Tier als Mensch, eine Großkatze auf der Pirsch.

Lisa hielt den Atem an. Sie mußte ihn unbedingt von vorne sehen, sie durfte den Zeitpunkt nicht verpassen, wenn er von der Toilette zurückkommen würde. Mit einem unbewußten Seufzer drehte sie sich zu Gerold um. Er war mit seinen Artischocken beschäftigt und schmatzte, leckte und saugte leise vor sich hin. Sie hatte es gewußt! Es war jedesmal so! Wenn sie sich nach langem Suchen und etlichen Vergleichen endlich für etwas entschieden hatte, geriet sie garantiert zwei Tage später an ein noch schöneres Stück.

Mit fast allen ihren Möbeln war es ihr so passiert und vor kurzem auch noch mit ihrem Wagen: gebraucht, aber günstig – und prompt sah sie eine Woche später dasselbe Modell mit weniger Kilometern, mehr Extras und gesteigerter Power zum selben Preis. Und jetzt das!

Sie hatte es geahnt, als Gerold ihr den Ring überstreifte und auf Geheiß des Pfarrers der Kuß folgte. Es lag förmlich in der Luft, und während sie Gerolds Lippen spürte, sah sie, wie sich der aufsteigende Kerzenrauch vor den hohen, bunten Kirchenfenstern zu einem hämischen Grinsen kräuselte.

»Heirate ihn nur, du wirst schon sehen, was du davon hast!« hörte sie die Kirchenglocken singen, als sie vor das Kirchenportal trat. Daß sie ihrer besten Freundin mit dem Brautstrauß ein blaues Auge warf, tat nur noch ein übriges: Es bestätigte ihr, daß es kommen würde, wie es jetzt kam. Es war nicht ihre Schuld, es war immer so, sie hatte falsch gewählt! Eben war der Mann, der Mann schlechthin an ihr vorbeigeschritten. Wie sollte sie nun noch die Flitterwochen genießen können? Aus dem Traum war ein Alptraum geworden. Sie konnte mit Gerold nicht mehr ins Bett, er war der Falsche!

Lisa nippte aufgeregt an ihrem Rotweinglas und beobachtete dabei ihren frisch angetrauten Ehemann. Er lutschte und zuzelte noch immer hingebungsvoll an seinem Artischockenblatt, spürte ihren Blick, schaute auf und zwinkerte ihr zu.

»Ich trainiere schon mal ...«

Lisa erschauerte, im selben Augenblick hörte sie die Tür hinter sich. Das Restaurant ihres Ferienhotels war nicht groß, er mußte an ihrem Tisch vorbeikommen. Sie ließ ihre Serviette fallen und drehte sich danach um. Er kam direkt auf sie zu. Ihr Herz schlug bis zum Hals. Gleich würde er sich nach ihrer Serviette bücken, und sie würden zusammen hinausgehen.

Was heißt gehen. Schweben würden sie, verheißungsvoll, begehrlich, im Rausch der Erwartung. Aber er schenkte ihr nicht einmal einen Blick, sondern ging zielstrebig an ihr vorbei, verschwand im hinteren Teil des Restaurants. Sie starrte seinem Jeanshintern nach, obwohl er schon lange nicht mehr zu sehen war.

»Was meinst du, Liebling, wollen wir hinaufgehen?«

Gerolds Hand legte sich auf ihre.

»Wie? Was? Das war doch erst die Vorspeise ...«

Gerold lächelte ihr verschwörerisch zu. »Ich dachte, zum Auftakt unserer Flitterwochen und unserer Ehe könnten wir mit unserem Menü gleichziehen.« Er senkte die Stimme: »Erst genüßlich die Vorspeise, dann langsam das Hauptgericht und schließlich das köstliche Dessert.«

Lisa schaute ihm in die Augen. Die Iris war unentschlossen schlammgrau, der Kopf zu rund, die Haare zu licht. Alles an ihm war Mensch, keine Spur von Tier. Der Panther war zu spät gekommen, wie würde sie das überleben!

»Wie wäre es mit einem furiosen Hauptgericht?« fragte sie matt, griff nach der Flasche mit dem schweren Rotwein und schenkte ihm nach.

»Es ist mir alles recht, solange du im Speiseplan enthalten bist!«

Lisa trank ihr Glas in einem Zug leer und überlegte, ob der Panther wohl alleine oder zu zweit im Hotel war. Sie würde es herausfinden, denn »Ich bin die Götterspeise« rutschte ihr laut heraus.

»Das weiß und genieße ich.« Gerold nickte ihr zu, während er nach einem neuen Blütenblatt griff.

Lisa hat in ihrem Kopf eine zweite Ebene entdeckt. In dieser Nacht hatte sie zweimal mit Panther geschlafen, was heißt, geschlafen: Er hatte sie über ihren Irrtum hinübergerettet, in ihren Nacken gebissen und mit ihrem Ohrläppchen gespielt, während der Sturm ihren Unterleib rüttelte. Den Orkan würde sie sich aufsparen, bis sie ihn leibhaftig in die Finger bekäme.

Früher als sonst stand sie auf. Gerold öffnete nur kurz die Augen, zog sich aber gleich wieder das weiße Laken über die hellen Schultern.

»Ich geh schon mal 'ne Runde schwimmen«, rief Lisa ihm zu und entschied sich für einen schwarzen Badeanzug. Der streckte ihre Figur vorteilhaft und milderte die Speckröllchen am Bauch. Außerdem gab er ihrem Busen durch leichte Schaumstoffeinlagen das gewisse Etwas. Mit fünfundzwanzig war es gestattet, der Natur etwas nachzuhelfen.

Neugierig verließ sie den kleinen Bungalow. Die spanische Sonne hatte schon etliche Urlauber herausgelockt, die meisten Liegestühle am Pool waren bereits besetzt. Lisa legte ihr Badetuch auf eine kleine Steinmauer, duschte kurz und sah sich dabei verstohlen um. Sie konnte ihn nicht entdecken. War er etwa Langschläfer? Ihre Libido sprang morgens am besten an. Oder womöglich schon abgereist? Das wäre unverzeihlich.

Sie stieg langsam ins Wasser und beschloß zu warten. Sie wollte ihn unbedingt in der Badehose sehen. Ob er wohl behaart war? Ob seine Brustmuskeln so ausgeprägt waren, wie es gestern den Anschein hatte? Ob seine Oberschenkel vibrierten, wenn sie mit ihren

Fingernägeln daran hochfahren würde? Ob er mehr als eine Handvoll Männlichkeit hätte? Lisa hatte sich schon fast in Ekstase geschwommen, als sich ihr eine hochgewachsene, schlanke Nixe in einem Nichts von Bikini ins Blickfeld schob. Sie stand am Beckenrand und testete mit ihrer großen Zehe die Wassertemperatur.

Lisa verschluckte sich bei ihrem Schwimmzug, denn hinter ihr tauchte der Panther auf. Er trug eine schwarze Badehose, passend zu seinen schwarzen, dichten Haaren und den dunklen Bartstoppeln, die das kantige Kinn mit der kleinen Kerbe bedeckten. Lisa sah seine durchtrainierte Brust, den festen Bauch und die breiten Oberschenkel, dann war sie am Beckenrand angelangt und mußte wenden. Sie hörte ihr Blut stoßweise in den Ohren pulsieren und überlegte krampfhaft, wie sie ihn für sich gewinnen könnte.

Sie beobachtete, wie er zwei Liegestühle eng nebeneinanderzog und die Badetücher ausbreitete. Kurz darauf sah sie einen Weg: Das schlanke Fabelwesen kam auf das Schwimmbecken zugelaufen und tauchte mit einem Kopfsprung ins Wasser ein, und er setzte sich breitbeinig auf seinen Liegestuhl, um ihr zuzusehen.

Wirkungsvoll wie dereinst Bo Derek entstieg Lisa vor seinen Augen dem Wasser. Sie kam frontal auf ihn zu, hatte den Bauch eingezogen und den Busen hervorgepreßt, bewegte sinnlich ihr Becken bei jedem einzelnen Schritt, strich sich die nassen halblangen Haare effektvoll nach hinten und gönnte ihm keinen Blick, während sie dicht an ihm vorbeilief. Blöderweise lag ihr Badetuch auf der anderen Seite des Beckens, so blieb sie einige Schritte hinter ihm stehen und drehte sich nach ihm um. Es sah nicht danach aus, als ob er sie auch nur andeutungsweise bemerkt hätte.

Fasziniert starrte er ins Bassin, und jetzt erhob er sich auch noch, nahm zwei Schritte Anlauf und glitt ins Wasser, als sei es sein Element.

Gierig beobachtete Lisa, wie er unter seiner Partnerin hindurchtauchte und dann fröhlich lachend zu ihr zurückschwamm. Wenn sie jetzt ins Wasser ginge, würde sie zumindest dieses Element mit ihm teilen, dachte Lisa. Und mit etwas Geschick käme es auch zum Körperkontakt. Sie stieg die Schwimmbadtreppen wieder hinunter und stieß sich ab.

Lisa schwamm eifrig hin, und sie schwamm her, aber sie kam nicht in seine Nähe. Er war nicht zu fassen. Mal sah sie ihn da, mal dort, meistens tauchend wie ein Delphin. Schließlich ging ihr die Kraft aus, und sie kletterte hinaus. Erschöpft setzte sie sich auf ihre Mauer und beobachtete wie alle anderen, welchen Liebestanz die beiden im Wasser vollführten. Schnell war ihr klar, daß dieses dünne, zarte Wesen, dieses gertenschlanke Model, keine Chance gegen ein Vollblutweib wie sie hatte. Es mußte nur die richtige Gelegenheit kommen.

Als Gerold unvermutet hinter ihr auftauchte, fühlte sich Lisa fast belästigt. Auch war ihr sein Angebot, sie mit Sonnenmilch einzucremen, zu profan. Dieser Mann dort würde flirrende Sonnenstrahlen auf sie herunterrieseln lassen oder des Nachts Sternschnuppen über ihrem nackten Körper zerstäuben. Er würde sie baden in einem Meer der Leidenschaften, schwerelos, selbstvergessen, orgiastisch. Er würde mit ihr entfliehen in eine andere Dimension, in die Dimension der vollendeten Liebe. Lisa holte tief Luft. Und da wollte ihr Gerold den Rücken eincremen! Mit Lichtschutzfaktor 20. Als ob sie ein fahlhäutiges Alien kurz vor der Verwandlung in einen sonnenverbrannten Frosch sei.

Aber Gerold ließ nicht locker, und während Lisa es ihm auszureden versuchte, studierte sie mit leichtem Widerwillen seine helle Haut mit den vielen dunklen Pigmentpunkten, den vereinzelten Härchen und dem leichten Brustansatz. Sie hatte zu früh »ja« gesagt, es war eindeutig. Sie war wieder einmal in die Falle getappt.

In derselben Nacht legte sich Lisa eine Strategie zurecht. Während Gerold mit ihr schlief, reihte sie

Punkt für Punkt aneinander und ordnete sie chronologisch. Unbeantwortbar schien ihr die Frage, wie Gerold reagieren würde, wenn er vor vollendete Tatsachen gestellt werden würde. Aber da dies ja sinnvollerweise zum Schluß zu geschehen hätte, konnte sie diese Frage zunächst einmal vernachlässigen. Gerold kam lautstark zum Höhepunkt, und Lisa dachte, daß diese unangenehme Verabschiedung ja dann auch ihr neuer Lover für sie erledigen könnte. Sie schlief tief und traumlos, doch am nächsten Morgen war sie frühzeitig startklar.

Diesmal hatte sie ihren Liegestuhl dort belegt, wo ihr Panther am vergangenen Tag gelegen hatte. Sie räkelte sich in der frühen Sonne und wartete. Als er endlich kam, war sie einem Sonnenstich nahe, es war fast Mittag. Eben hatte sie Gerold weggeschickt, er möge ihr einen frischen Saft bringen, auf Frühstück verzichtete sie heute.

Jetzt sah sie, daß ihr Timing perfekt war. Kaum war Gerold in seinen bunten Boxerbadehosen um die Ecke abgebogen, kam der Panther auf sie zu. Sie schenkte ihm einen lasziv verschlafenen Blick, ohne daß er davon Kenntnis genommen hätte, und schlug träge, aber verheißungsvoll die Beine übereinander. Mit der Sohle des Fußes rieb sie dabei langsam, aber erotisch das Schienbein des anderen.

Er zog wie am Vortag zwei Liegestühle zusammen. Lisa beobachtete es aus den Augenwinkeln heraus. Er würde höchstens vier Meter von ihr entfernt zum Liegen kommen. Ihre Rechnung ging auf. Sie griff nach der Sonnenölflasche. Jetzt würde sie sich genießerisch eincremen, bis es ihm die Hose sprengte und er beim Rückenteil nicht anders könnte, als ihr zu helfen.

Doch während sie sich heißes Öl auf die Handinnenflächen träufelte, zeigte ihr schneller Blick hinüber, daß er sich nicht an die Spielregeln hielt: Er hatte sich unnötigerweise auf die falsche Seite gelegt. Vier Meter entfernt von ihr brieten jetzt die Knochen ihrer Nebenbuhlerin in der Sonne. Lisa ließ sich kurz zurücksinken, bevor sie wieder aufrüstete.

Als Gerold kam und ihr vorschlug, an einem organisierten Ausflug teilzunehmen, um Land und Leute zu erforschen, geriet ihre Tagesplanung ins Wanken. Lisa wollte nichts weiter erforschen als das Objekt ihrer Begierde, und das lag ihr quasi zu Füßen, wenn auch nur bildhaft. Auch nebenan schien es Diskussionen zu geben, Lisa schützte Unwohlsein vor und hoffte, daß Gerold sie alleine ließ. Und daß auch er alleine zurückbleiben würde.

Ihr Wunsch ging in Erfüllung, doch wurde ihr Panther kurz danach von Animateuren zum Beachvolleyball geholt. Am Rand des Spielfelds sitzend, hatte Lisa nur Augen für ihn. Er sprang höher als alle anderen, startete schneller und sprintete ansatzloser, seine Bälle waren unerreichbar. Lisa träumte sich in seine braune Haut hinein und mit ihm fort, als könnten sie wie Adler fliegen.

Als Gerold am Abend zurückkam und ihr begeistert von seinem Ausflug erzählte, hörte sie nur mit halbem Ohr zu. Für sie zählten nur ihre Begegnungen mit dem Fremden, und deswegen war es ihr auch während der nächsten drei Tage recht, daß Gerold viel alleine unterwegs war und selbst so viel zu berichten hatte, daß ihm Lisas Gleichgültigkeit ihm gegenüber nicht aufzufallen schien. Lisa konnte sich ungehindert ihren Phantasien hingeben und sich auf die Begegnungen mit ihrem Traummann konzentrieren.

Sie plante und arrangierte und stellte fest, saß ihre Chancen gut standen, denn auch seine Freundin schien ein eigenes Freizeitprogramm auszuleben, und so wagte sich Lisa immer näher und aufreizender an ihn heran.

An diesem Nachmittag, Gerold war eben allein zum Tennisplatz gegangen, erspähte sie ihn am Strand. Er mietete sich ein Surfbrett und schwang sich darauf. Lisa setzte sich in den Sand und sah ihm zu, studierte wieder einmal seinen Körper, bewunderte die raubtierhafte Geschmeidigkeit, die Muskeln, die sich nun bei vollem Einsatz unter der Haut abzeichneten, das wechselnde Spiel der Sehnen, die Leichtigkeit, wie er Wasser und Wind beherrschte. Sie ließ sich sehnsüchtig zurück in den warmen Sand sinken, schloß die Augen, fuhr mit der Hand zärtlich über die warmen, feinen Sandkörner und bildete sich ein, ihn zu streicheln. Plötzlich fiel ein Schatten über ihr Gesicht. Erschrocken öffnete sie die Augen.

Er stand vor ihr. Nein, sie träumte nicht, er war es wirklich! Einem Herzinfarkt nahe, sah sie sich vor ihrem Ziel. Er hatte sie gesehen, er hatte sich für sie entschieden, begehrte sie, sie würden sich an diesem Nachmittag noch volltrunken von aufgestauter Leidenschaft in die Arme sinken! Ihr Herz raste wie verrückt, als er vor ihr in die Hocke ging. Langsam richtete sie sich auf, zog den Bauch ein und strahlte ihn an.

Jetzt! Jetzt würde er es sagen!

Er räusperte sich. Lisa hielt die Luft an.

»Ich wollte Sie nicht stören«, sagte er leise, und seine Stimme klang hocherotisch, so daß Lisa spürte, wie sich ihre Härchen auf dem Rücken aufrichteten und ihre Libido mit einem heftigen Vibrieren absprang.

»Sie stören nicht«, erwiderte sie mit belegter Stimme. Sie würde den Orgasmus ihres Lebens erleben, wovon Frauenzeitschriften immer schreiben: den kleinen Tod. Sie war kurz davor.

»Ich denke, ich muß es Ihnen sagen, Sie haben ein Recht dazu!«

Ja, sag es, schrien alle Sinne in ihr. Sag, daß du mich brauchst, mich willst, mich begehrst, ohne mich nicht mehr leben kannst, sag, daß du mich hier willst, auf der Stelle, und ich werde es tun!

»Ja?« hörte sie sich fragen und ließ sich etwas zurückgleiten, so daß ihr voller Busen besser zur Wirkung kam.

»Ich beobachte es nun bereits seit drei Tagen. Ich denke, es ist an der Zeit, daß Sie es auch wissen!«

»Ja, bitte!« Sie gab ihrer Stimme einen Hauch verruchter Weiblichkeit, genau das richtige Timbre, das sie als höchst verheißungsvoll und stimulierend empfand.

»Nun gut, ich hoffe, es belastet Sie nicht zu sehr!«

»Nein, absolut nicht, bestimmt wird es mich nicht belasten! Sie können mir alles sagen!«

»Vielleicht doch, denn Sie sind ja schließlich in den Flitterwochen! Also …« Er räusperte sich nochmals und schaute ihr direkt in die Augen. »Ihr Mann schläft mit meiner Freundin. Sie hat es mir gestern gestanden. Angefangen hat es wohl bei einem Ausflug vor drei Tagen. Er scheint etwas zu haben, was ich nicht habe. Sie sprach von dem tollsten Orgasmus ihres Lebens. Ich dachte, das sollten Sie wissen, bevor ich abreise.«

Lisa war der Kiefer heruntergeklappt.

»Ich bin überrascht«, stammelte sie, dann schlug sie mit der Faust in den Sand: »Das ist ja das Allerletzte! So ein Schwein von einem Mann!«

Die Jammerer

Es gibt Menschen, die jammern immer. Sie jammern, weil sie zugenommen haben, denn jetzt paßt die neue Hose nicht mehr. Sie jammern, weil sie abgenommen haben, denn nun werden sie faltig im Gesicht. Und sie jammern, weil sie ihr Gewicht halten, denn das zeigt, daß sich in ihrem Leben gar nichts, aber auch rein gar nichts bewegt. Man hört sich lange Leidensgeschichten an und sinnt nach Lösungen. Irgendwie will man helfen, kommt damit aber völlig ungelegen, denn jeder Vorschlag wird mit »aber…« abgewehrt. »Komm, laß uns eine neue Hose für dich kaufen!« – »Aber dann gewöhne ich mich an mein Gewicht, und ich will doch abnehmen.« – »Dann nimm doch einfach wieder ab…« – »Aber das kann ich ja nicht!« Jammerer können einen zur Verzweiflung treiben. »Schau, wie blaß ich noch bin…« – »Dann geh doch ein bißchen ins Freie, genieße die Sonne.« – »Aber davon krieg' ich doch immer sofort einen Sonnenbrand!« – »Dann crem dich ein!« – »Aber das schmiert doch immer so. Ich mag das nicht!« Jammerer werden zu einsamen Menschen und jammern, daß sie einsam sind. Irgendwann werden sie dann durch Haustiere ersetzt. Hunde und Katzen hätten sicherlich auch viel zu jammern, aber sie sagen's wenigstens nicht.

FRÜHLINGSERWACHEN

Es war mir klar, daß ich besser aussah als die Jungs in meinem Alter. Ich hatte auch schon mehr drauf, vielleicht lag es an meinem Intelligenzquotienten, vielleicht an der Mitgift meiner Eltern in Form von Genen. Sonst haben sie mir nicht viel mitgegeben, zumindest mein Vater nicht. Ihn habe ich überhaupt nicht kennengelernt.

Meine Mutter hat versucht, dieses Manko auszugleichen, aber sie arbeitete ziemlich hart und war deshalb viel unterwegs. Sie war sehr hübsch, sehr groß und ausgesprochen gut in allem, was sie tat. Auch ein bißchen hinterhältig. Ich erinnere mich, daß sie einem Kerl, der mir neugierig oder auch nur plump zu nahe kam, so granatenmäßig eines verpaßte, daß er daraufhin tagelang mit seinen Rippen Probleme hatte.

Damals war ich ungeheuer stolz auf sie, das weiß ich noch genau.

Wir schauten uns in die Augen, und ich sagte: »Dem hast du es aber gegeben!«

Und sie lächelte damenhaft: »Du weißt, Anton, ich kann diese Weicheier einfach nicht ausstehen!«

Wenn sie nicht ganz so stressige Termine hatte, durfte ich mit. Das war eine herrliche Zeit, irgendwie privilegiert. Der Wagen, mit dem wir damals unterwegs waren, war äußerst exklusiv. Ich kann es nicht anders ausdrücken, es war das geräumigste Fahrzeug weit und breit und sicherlich auch das teuerste. Unser Chauffeur hatte es ein bißchen auf Mami abgesehen.

Ich erinnere mich gut, wie er sich ständig bei ihr einzuschmeicheln versuchte, nichts war ihm zu teuer, nichts zu überzogen, nichts zu banal. Und er war nicht der einzige. Überall, wo sie auftauchte, wurde sie von Bewunderern umlagert. Aber sie hatte eine Art, den Kopf zurückzuwerfen, und im Nu kam sich jeder der Schmeichler sofort klein und unbedeutend vor. Es muß an ihrer rassigen Schönheit gelegen haben, daß sie ständig hinter ihr her waren. Mir fiel das gar nicht so auf.

Wenn wir zusammen waren, genoß ich jede Sekunde mit ihr. Sie war warm und liebevoll und mütterlich, sie spielte herrlich mit mir, und nachts schliefen wir eng aneinander geschmiegt. Ich fühlte mich an ihrer Seite geborgen, sie erzählte mir vom großen und vom kleinen Leben, und wir lachten und schmusten.

Doch die Zeit blieb nicht stehen, und als ich irgendwann mit dem Wort »Leistung« konfrontiert wurde, wußte ich, daß es geschehen war: Ich war kein Kind mehr, ich mußte meinen eigenen Weg finden.

Ich schaute zu meinen Spielkameraden hinüber. Sie rauften und balgten den lieben langen Tag, als ob es sonst keine sinnvollen Beschäftigungen gäbe.

Vielleicht wollten sie aber auch nur Waleska imponieren. Sie stand mit etwas Abstand unter einem Baum und schaute ihnen zu.

Ich bewunderte sie. Sie war die hübscheste von all den Mädchen hier, auch wenn sie an die Schönheit und Grandezza meiner Mutter nicht herankam. Aber sie war ja auch noch jung, dachte ich, und zudem konnte nicht jeder eine Schönheit zur Mutter haben. Aber sie verstand es immerhin schon jetzt, durch die Art und Weise, wie sie meinen Kameraden zusah, eine solche Langeweile zu demonstrieren, daß ich froh war, vor ihren Augen nicht auch noch den Idioten abzugeben.

Ich betrachtete sie heimlich, und nach einer Weile bemerkte ich, daß sie unruhig wurde. Wahrscheinlich spürte sie meinen Blick. Ich zwang mich, in eine andere Richtung zu schauen oder zumindest an etwas anderes zu denken, aber irgendwie fühlte ich mich plötzlich fast magisch von ihr angezogen. Das war mir, mit einer solchen Macht, noch nie passiert.

Ich stand mitten auf der Wiese und dachte über mich nach. Vor noch nicht allzulanger Zeit hatte ich jede verfügbare Stunde am liebsten mit meiner Mutter verbracht. Dann sollte ich mit aller Macht für den Ernst des Lebens erzogen werden, und dabei vermißte ich meine Mutter schrecklich. Und jetzt plötzlich, ungeahnt und unvorhergesehen, verdoppelte sich mein Pulsschlag, und das alles bloß, weil ich Waleska betrachtete.

Das war ungeheuerlich, eine brandneue Erkenntnis. Und dann wußte ich es: Ich war endgültig kein Kind mehr. Ganz eindeutig etwas zu früh, aber die Anzeichen waren da. Stielaugen und seltsame Gelüste, genauso hatte es meine Mutter mir beschrieben. Die Stielaugen hatte ich seit einer geschlagenen Stunde, die seltsamen Gelüste stellten sich ebenfalls gerade ein. Ich spürte, wie es mir heiß und kalt wurde.

Ich begann zu überlegen, wie ich am geschicktesten eine Brücke zwischen mir und Waleska schlagen könnte. Einfach hingehen? Sie ansprechen? Vor den Augen meiner Kumpel dürfte das verhängnisvoll werden!

Ich konnte mich nicht zum Gespött machen, indem ich einfach ein Mädchen ansprach. Das taten Jungs in meinem Alter nicht so ohne weiteres. Mädchen hatten als blöd zu gelten, und wer anderer Meinung war, war ein Schwächling.

Auf der anderen Seite war es auch blöd, immer das zu tun, was die anderen taten. Ich war der Sohn einer Mutter, die ihrem Sprößling von Kindesbeinen an Individualismus gepredigt hatte. Schwimm nicht mit dem Strom, sei du selbst, horch in dich hinein, und werd dir darüber klar, wer du bist und was du willst. Das hatte sie mir schon in einem Alter beigebracht, in dem andere noch Marienkäfer und Gänseblümchen bestaunten.

Es war schon so. Meine Mutter hatte es nicht umsonst so weit gebracht, sie hatte immer an sich gearbeitet und mir vorgelebt, daß vieles zu erreichen war, wenn man nur wollte und dafür kämpfte.

Trotzdem kam ich zu keinem Entschluß. Ich stand noch immer wie angewurzelt, drehte mich mal leicht in die eine, dann in die andere Richtung, aber zum Weggehen hatte ich keine Lust. Wer konnte schon sagen, ob wir morgen wieder so nah beieinander stehen würden. Ob sie überhaupt morgen wiederkommen würde.

Nur auf die Sonne war Verlaß, hatte meine Mutter

immer gesagt. Das Wasser konnte versickern, die Felder verdursten, die Tiere verhungern, die Menschen in die Luft fliegen, morgen war vielleicht schon nichts mehr davon da – nur die Sonne war da, die Sonne und ihr Freund, der Mond, die sich immer umkreisten und sich doch nie bekamen. Wie die großen Lieben, philosophierte sie, während ich bereits am Einschlafen war.

Die größten Lieben waren immer die, die nicht zustande gekommen sind, erklärte sie mir damals leise, denn die Sehnsucht verklärt alles. Die Dinge bekommen ein anderes Gesicht, Sekunden werden zu Ewigkeiten, eine kurze Begegnung endet in einem Glücksrausch, alles ist unbeschreiblich, solange die Hoffnung genährt wird.

Wenn der Alltag die Hoffnung erschlägt, ducken sich die Gefühle, warten auf die Befreiung, suchen sich ein neues Ziel. Ich überlegte, ob sie damit recht hatte, konnte aber auch nichts Gegenteiliges behaupten, ich hatte einfach noch keine Erfahrung, war schlicht zu jung.

Ich schaute zu Waleska. Der Schatten des Baumes, unter dem sie stand, wurde bereits länger. Nicht mehr lange, und wir würden wieder zur Arbeit gerufen werden. Ich mußte zu einer Entscheidung gelangen. Vielleicht ging sie vor mir, dann war sowieso alles vorbei.

Ich machte einen entschlossenen Schritt vorwärts und blieb dann aber doch wieder stehen.

Sie sah so unbeschreiblich schön aus, wie sie dort stand. Der Kirschbaum war in voller Blüte, und vereinzelte Sonnenstrahlen verfingen sich in ihrem Haar, das seidig glänzte. Sie war sowieso nicht wie die anderen. Sie wirkte reifer, selbstbewußter, so als wüßte sie bereits genau, worauf es im Leben ankäme.

Worüber sie wohl gerade nachdachte? Und ob sie noch immer dort stand, weil auch sie mich längst entdeckt hatte? Möglicherweise wartete sie sogar darauf, daß ich den ersten Schritt tat?

Ich schaute mich nach meinen Kameraden um, sie hatten sich etwas entfernt. Aber noch immer wurden sie ihrer albernen Kraftmeiereien nicht müde. Auf einen Schlag fühlte ich mich ihnen unglaublich überlegen und auch plötzlich erstaunlich erwachsen. Ich würde es jetzt einfach versuchen, meine Mutter hatte recht. Nur Individualisten machten ihren Weg, dazu gehörte Mut, und den würde ich jetzt beweisen.

Ich wollte eben auf Waleska zugehen, als mein Name laut gerufen wurde. Ich zögerte, dann drehte ich mich um.

Wie dumm, ich hatte zu lange gezögert. Anika stand mit einem Halfter am Gatter und winkte mit einer Karotte. Dagegen gab es keine Argumente. Gut, dann eben morgen.

Ich schaute nochmals zu Waleska, und zum ersten Mal gönnte sie mir einen Blick und warf dabei ihren Kopf nach hinten. Eine Geste, die mich bezauberte. Ich wieherte ihr zum Abschied kurz zu und galoppierte, ihrer vollen Aufmerksamkeit gewiß, in schönster Junghengstmanier quer über die Koppel zu Anika.

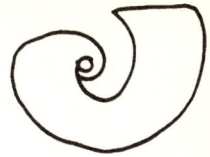

Ideen

Wohl dem, der eine Idee hat und seine Umwelt damit tyrannisiert. Es gibt Ideenausbrüter, die schlagen zunächst einmal unglaublich um sich. Alle werden darüber informiert, einbezogen, befragt und angestellt, die Idee zu begutachten. Jeder zerbricht sich den Kopf, überlegt, ob der Mensch mit der Idee überhaupt fähig ist, die Idee umzusetzen, läßt sich dann aber von seinem Freund erklären, daß er ein alter Skeptiker sei, entschuldigt sich, glaubt an seinen Freund und sieht doch kein Fortkommen. »Wo bleibt denn die Umsetzung?« fragt er nach einem halben Jahr und bekommt zu hören, daß es eben eine besonders große Idee sei, die Zeit brauche. Zur Erweiterung und Realisierung. Dann wächst langsam Gras darüber, bis eine neue Idee wie ein Wirbelwind über den Stammtisch fegt. Die vorhergehende sei ja nun auch gut gewesen, keine Frage, aber diese hier sei unvergleichlich. So lauschen alle offenen Ohres, finden die Idee grandios, identifizieren sich, überlegen die Verwirklichung und lassen sich einspannen. Und wenn sie nicht gestorben sind, denken sie noch immer darüber nach, daß so manch eine Idee nur dann erfolgreich ist, wenn sie nie verwirklicht wird.

BEGEGNUNG AUF MESSERS SPITZE

Manches passiert, manches nicht. Und wenn doch, so passiert es meistens anderen. Oder im Film. Oder doch nicht?

Ich war, gelinde gesagt, irritiert, als mir an der Haustür meiner Freundin, meiner ureigenen Freundin wohlgemerkt, ein Kerl die Tür aufmachte. Sie sei grade unter der Dusche, verkündete er zur Begrüßung, aber vermutlich gleich fertig, denn sie wisse schließlich, daß ich käme. Ich hatte ihn ein-, zweimal gesehen, aber nie richtig registriert.

Jetzt fiel mir alles an ihm auf. Er war dunkelhaarig, groß, größer als ich – war er etwa ihr Typ? Unbefangen stapfte er vor mir die Treppen hinauf, geradewegs in die Küche. Ein Rest Weißwein sei noch da, ließ er mich mit Blick über die Schulter wissen, den könne ich gern haben. Wen sollte ich töten? Sie oder ihn? Ich wollte eine der Küchenschranktüren öffnen, wurde aber sofort korrigiert: Die richtigen Gläser für diesen Wein stünden da. Er öffnete eine andere Tür, reichte mir ein Glas, nahm die Flasche aus dem Kühlschrank, sie war, gelinde gesagt, leer, ging mir voraus auf den sonnenbeschienenen Balkon.

Dort setzte er sich und lächelte mich arglos an. Wie arglos kann ein Kerl lächeln, während meine Freundin unter der Dusche steht? Und weshalb stand sie überhaupt unter der Dusche, gerade jetzt, in diesem Moment?

Ich überlegte, welche Maßnahmen ich treffen sollte. Ihn über die Balkonbrüstung werfen? Dafür war er zu groß und zu schwer. Die Flasche über den Kopf donnern? Gleiches Problem. Des Hauses verweisen? Es war nicht meines, sondern das meiner Freundin. Hatte ich da Rechte? Und wenn ja, welche?

Wir schauten vom Balkon auf die Straße. Zwei Motorräder standen dort einträchtig nebeneinander. Das eine sei seines, erklärte mir mein Gegenüber. Ich taxierte ihn. Und dann seine Maschine. Sie war schwächer als meine. Immerhin etwas. Ob er gut im Bett war? Besser als ich?

Ich lauschte zum Badezimmer hin, konnte aber nichts hören. Sie komme gleich, sagte er, schließlich stehe sie schon lange genug unter Wasser. Wie konnte er eine Frage beantworten, die ich nicht gestellt hatte?

Grönemeyer fiel mir ein. Ob seine Pantoffeln auch schon da standen und ob sie mir gleich, frisch aus der Dusche heraus, eröffnen würde, daß dieses eine Motorradtreffen, dem ich drei Tage in Frankreich gefrönt hatte, nun eben doch zu lange gedauert habe? Schließlich suchten andere Motorräder auch eine Heimat?

Ich versuchte, mich nicht in meine Vorahnungen hineinzusteigern. Sollte ich mich jetzt vor diesem Kerl entblöden und den Eifersüchtigen spielen? Was heißt spielen: Ich war eifersüchtig. Tödlich eifersüchtig.

Ob ich Hunger hätte, fragte er derweil. Es sei vom Mittag noch etwas übrig.

»Toll«, sagte ich, »hat sie gekocht?« Wohl wissend, daß sie nicht kochen konnte. Oder nicht wollte. Zumindest nicht für mich. Er lachte und lehnte sich gegen das Eisengitter, das den Balkon begrenzte.

Selten habe ich einem Haus eine solche Baufälligkeit gewünscht wie in diesem Moment diesem Gemäuer. Sollte er direkt mit dem Geländer in die Tiefe krachen, wo er hingehörte. Platt auf seiner dämlichen Maschine liegen, eh ein Angeberteil. Mehr Optik als Substanz.

Ich fragte ihn, was es denn gegeben habe, zu Mittag? Nur etwas Schnelles, antwortete er. Was der Kühlschrank eben so hergegeben habe. Ossobuco.

Jetzt konnte ich mich endlich im Recht fühlen. Nie im Leben hatte dieser Kühlschrank etwas Ähnliches wie Ossobuco beinhaltet. Jedenfalls nicht in den vergangenen zwei Jahren.

Es war Zeit für ein Gespräch unter Männern, solange sie noch unter der Dusche stand. Ich überlegte, wie ich es anfangen könnte. Habt ihr? Seid ihr? Hat sie?

Wir saßen uns auf diesem winzigen Vorstadtbalkon auf Messerlänge gegenüber, und mir fehlten die Worte. Gab es auch etwas Nüchterneres als einen Vorstadtbalkon mit Blick auf zwei Motorräder, die einträchtig nebeneinanderstanden, obwohl sie sich garantiert nicht leiden konnten? Nicht leiden können konnten!

»Wo geht ihr denn hin?« wollte er wissen und strich eine seiner Haarlocken zurück. Haarlocken bei einem Kerl. An sich schon schrecklich genug. Aber die Frage übertraf die Locke noch.

»Wieso?« gab ich zurück, auf alles gefaßt. Wollte er nachkommen? Oder gleich mitkommen?

»Weil sie so lange braucht. Sicherlich macht sie sich schön.« Er setzte ein Lächeln auf, das Kerle aufsetzen, wenn Frauen sich schön machen.

Aber verdammt noch mal, was ging es ihn an, wie

lange sie sich schön machte und für welchen Zweck? Jetzt wollte ich es wissen und stand auf. Ich wollte sie fragen, aber er schien es falsch zu interpretieren. Oder er interpretierte es richtig und wollte es vereiteln.

»Laß nur«, sagte er und erhob sich ebenfalls.

»Wie?« fragte ich.

Er war tatsächlich größer, und der Balkon war schmal, aber im zweiten Stock. Altbau, hoch genug. Ob ein Aufprall mit Kopf voraus zu überleben wäre? Ich hoffte nicht, zumindest nicht für den Fall, daß *er* über die Brüstung ging. Dabei war ich heute morgen noch als Pazifist aufgestanden. Ich setzte mich wieder, und er brachte eine weitere Flasche Wein.

»Ich nehme an, sie hat nichts dagegen«, sagte er dazu. »Sie hat nie etwas dagegen.«

Das brachte mich von meinem Stuhl hoch. Das war eindeutig genug!

»Wenn du schon stehst«, sagte er, »bring doch den Korkenzieher mit. Er liegt ...«

»Ich weiß, wo er liegt«, schnauzte ich ihn an.

Zumindest das wußte ich mit Gewißheit. Und daß meine Freundin unter der Dusche stand, das wußte ich auch. Während ich in der Küche die richtige Schublade aufzog, überdachte ich die Situation. Hatte ich sie vernachlässigt? Zuwenig Streicheleinheiten? Stimmt, dachte ich mir und nahm den Korkenzieher heraus. Irgendwie hatte ich nachgelassen.

Ganz am Anfang hatte ich sie noch bei jeder Gelegenheit ganz nah an mir spüren wollen, sie geküßt oder auch nur liebevoll am Ohr gezupft. Öffentlich waren wir förmlich ineinandergefallen, knutschend von Bänken gerutscht. Später war sie auch ohne große Liebesbekundungen zufrieden. Stundenlang saßen wir in kleinen Lokalen, und jeder wußte mehr zu erzählen. Dann reichte es irgendwann, den anderen Paaren beim Erzählen zuzuschauen.

Und, stimmt, ich hatte sie schon längere Zeit mit keinem liebevollen Einfall mehr überrascht. Möglicherweise überraschte sie jetzt mich. Wenig liebevoll zwar, aber vielleicht nachvollziehbar.

Mit zwiespältigen Gefühlen ging ich wieder auf den Balkon. Er lächelte mir entgegen und streckte die Hand aus. Trotz meiner Einsicht hätte ich ihm den Korkenzieher gern sonstwo hingerammt, aber ich reichte ihm das Instrument. Auch noch höflich, mit der Spitze zu mir. Und was, wenn er nur darauf gewartet hat und ich nun über das Balkongeländer wanderte? Mit dem Kopf voraus und einem Korkenzieher im Bauch? Was, wenn sie längst tot unter der Dusche lag?

Wer war er überhaupt? Ossobuco. War das nicht verräterisch genug? In ihrem Kühlschrank?

Ich rüstete mich eben zum Angriff, als er mir eine Zigarette anbot. Mir! Einem Nichtraucher im Haus einer Nichtraucherin.

»Auf dem Balkon ist es ja gestattet«, sagte er und lächelte dazu, zog sich, nachdem ich abgelehnt hatte, selbst eine heraus und zündete sie an.

So, auf dem Balkon ist es ja gestattet. Er war entweder dreist und harmlos oder schlau und gefährlich, möglicherweise aber auch einfach nur da. Wenn ich nicht da war. So wie die letzten Tage. Und viel zu oft in den letzten Wochen. Wachablösung auf dem Balkon. Eine letzte Zigarette, ich mochte es nicht glauben. Wenn ich es vertragen hätte, hätte ich jetzt nach einer gegriffen.

So fühlte ich ganz für mich alleine, ohne Halt an einer Zigarette, wie ich langsam abglitt. Auch ohne Absturz vom Balkon sauste ich unaufhaltsam in die Tiefe. Gleich würden mich die Trümmer unserer Liebe unter sich begraben.

Ich blickte auf, weil er aufblickte. Sie kam auf den Balkon, im Bademantel und mit einem um den Kopf gewickelten Handtuch.

»Hey, bist du schon da!« sagte sie und küßte mich lachend. »Klasse! So früh hatte ich dich gar nicht erwartet!«

Ihre Augen blitzten, und sie umarmte mich stür-

misch. Vor ihm! Auf dem Balkon, der uns auf Messerlänge vereint hatte. Das war eindeutig! Ich war erleich-
tert und glücklich und beschloß, alles zu ändern. Und
vor allem beschloß ich, ihr zu vertrauen, auch wenn
ich noch immer nicht wußte, wer er eigentlich war.

Festreden

Festreden beginnen meist mit einer Entschuldigung und
werfen fast immer die Frage auf, wie einer, der angeblich doch nichts zu sagen hat und nicht reden kann, es
fertigbringen kann, über Stunden zu reden und nichts
zu sagen. Ein Phänomen, das man auch aus der Politik
kennt. Bloß da entschuldigt sich niemand, obwohl es
häufig angebracht wäre. So lernen wir, warum Plenar-
säle oft gähnend leer sind und warum Festgäste stim-
mungsmäßig in ein tiefes Loch sacken, sobald einer
aufsteht und zu reden beginnt. Und dann wird die Ver-
gangenheit gequält und erzählt, was meist jeder schon
weiß. Mit jedem weiteren Satz wächst die Selbstzufrie-
denheit, und der Narzißmus wird kultiviert, denn was
zögerlich und stockend begann, erwächst zur Lang-
fristigkeit, und die Unsicherheit erzeugt eine nie enden
wollende Sprachdynamik. Und wenn dann wirklich alles

Überflüssige gesagt ist, mischen sich die letzten Sätze mit eindeutigen Geräuschen einer Verabschiedung der Zuhörer von der wahrnehmbaren Welt, und so mancher wird erst durch das obligatorische Gläserklingen wieder wach. Dann schaut er, ob er noch was im Glas hat, und weckt solidarisch seinen Nachbarn.

LIEBESSPIEL

Die Abfuhr kam ansatzlos wie eine Ohrfeige.

»Du mußt das verstehen«, sagte Armin, während er zärtlich Heidis Busen streichelte. »Das ist eben Familie, ich kann nicht anders!«

Heidi drehte sich langsam auf die Seite, um ihm besser in die Augen sehen zu können. »Du könntest schon, wenn es dir wichtig wäre. Du willst bloß nicht!«

Seine Hand fuhr jetzt vom Busen weg über die Taille bis zu ihrem stattlichen Po. Dort verharrte sie.

Heidi saugte sich an seinen blauen Augen fest.

»Das stimmt eben nicht. Kathrins Familienstammbuch ist genauso alt wie das unsrige, und die Hochzeit zwischen uns beiden steht schon lange fest. Ich habe es dir von Anfang an gesagt!«

Heidi bemühte sich um Haltung. »Aber nicht, daß es so bald sein würde!«

»Acht Wochen sind noch jede Menge Zeit!«

Heidi sah ihm an, daß ihm das Thema lästig wurde. Seine Augen verengten sich, und sein Mund wurde härter.

Es fiel ihr schwer, den Satz zu sagen, der ihr auf der Zunge lag, aber sie war es sich und ihrem Stolz schuldig. Und zudem war es der letzte Versuch, das Ruder für sich selbst herumzureißen. »Mit einem verheirateten Mann werde ich kein Verhältnis haben!«

Sein Körper lag zum Greifen nah. Selten hatte sie etwas so begehrt wie dieses Stück Mann. Sie kannte jede Linie, kannte seinen Geruch, wußte, wie er sich anfühlt. Wenn er jetzt »dann eben nicht« sagt, sterbe ich entweder oder erschlage ihn, dachte sie und hielt unwillkürlich die Luft an. Er rückte näher, stupste mit seiner Nase gegen ihren Busen, vergrub sich wie ein junger Hund beim Spiel zwischen ihren schweren Brüsten. Heidi mußte lachen und fuhr ihm mit der Hand in seine kurzen Locken.

Klar, sie wollte ihn. Aber sie wollte ihn ganz und nicht als Leihgabe von so einer dusseligen Kuh, nur weil deren Ahnenlinie länger war als ihre. Genaugenommen hatte sie überhaupt keine, dafür war sie aus Fleisch und Blut, hatte respektabel angelegte dreiundneunzig Kilo, war mit ihren fünfundzwanzig Jahren drei Jahre jünger als die »Braut« und als Bankkauffrau prädestiniert dafür, die gemeinsame Zukunft zu polstern.

Armin tauchte aus der Tiefe ihrer Brüste auf und gab ihr einen Nasenstüber. »Ich habe noch zwölf unverheiratete adelige Freunde. Wenn du einen von denen nehmen würdest, bliebe alles in der Familie!«

»Wie?« Heidi warf den Kopf zurück.

»Nun«, er rückte nach, »es sind alles Kameraden, du weißt ...«

»Ich weiß, aber ich verstehe nicht. Was haben deine Männerfreundschaften mit mir zu tun?«

Er sagte nichts, sondern begann an ihrem Ohrläppchen zu knabbern.

»Armin!« Heidi drehte energisch den Kopf weg. »Sag mir, was du damit sagen willst!«

»Och ...« Er warf ihr einen treuherzigen Blick zu.

»Du willst mich doch nicht allen Ernstes mit einem deiner Typen verkuppeln! Das würdest du fertigbringen?«

»Nun«, Armin stützte sich auf seinem Ellbogen ab, »da wäre beispielsweise Konradin. Der würde dir sicherlich gefallen. Ein etwas verarmtes Rittergeschlecht, zugegebenermaßen, aber du mit deinen Fähigkeiten als Bankkauffrau ...«

Heidi knallte ihm das nächstbeste Kissen an den

Kopf. »Hör bloß auf«, drohte sie, noch immer unsicher, ob er tatsächlich meinte, was er sagte.

»Nein, werde ich nicht!« Er griff nach ihrem Handgelenk. »Denk doch mal darüber nach. Wir beide, das geht nicht. Daß ich Kathrin heiraten würde, steht schon ewig fest. Das wußtest du!«

»Dieses Eheversprechen ist doch völlig antiquiert!« Heidi spürte einen Kloß im Magen, der sich unaufhaltsam nach oben arbeitete. Jetzt bloß nicht heulen, sagte sie sich. Contenance!

Er zuckte die Achseln. »Das ist halt so!«

»Nichts ist halt so.« Heidi entwand ihm ihre Hand. »Nicht wirklich!«

Automatisch faßte sie nach der Decke. Hier nackt vor ihm zu liegen, während über die Zeit nach ihr gesprochen wurde, machte die Sache unerträglich.

»Du brauchst etwas für die Optik, das ist alles«, fuhr sie ihn an. »Du brauchst eine schlanke, große Frau, die was hermacht. Das ist der tatsächliche Grund! Ich habe dir gesagt, daß ich es schon mit Trennkost versucht habe, es nützt nichts!«

»Ja, weil du getrennt hast, indem du Fleisch, Nudeln und Salat nacheinander gegessen hast. Das ist nicht der Sinn – und außerdem auch nicht der Grund für mich. Du weißt, ich liebe jedes Pfund an dir!« Wie zur Bestätigung griff er nach ihr.

Heidi wich aus. »Laß mich bloß in Ruhe!«

»Na, das sind ja ganz neue Töne!« Er lachte und begann, sie zu liebkosen.

Vielleicht ist es ja das letzte Mal, dachte Heidi, und als sie anfing, seine Streicheleinheiten zu erwidern, haßte sie sich dafür.

Es war keine fixe Idee, das wurde Heidi in den nächsten Tagen klar, sondern Armin hatte sich tatsächlich einen Plan zurechtgelegt, wie er sie für sich erhalten könnte. Trotz Ehe, möglicher Kinder und gemeinsamer Rentenbasis mit Kathrin hatte er Heidi einen Platz an seiner Seite eingeräumt, wenn auch nur als ständige Geliebte.

Das bedinge aber, daß sie die Chance dazu hätten, meinte er, als sie sich an einem Nachmittag zum Kaffee trafen, und die hätten sie nur, wenn sie, wie gesagt, einen seiner Freunde nähme. Die Auswahl sei groß genug, alle seien in der näheren Umgebung und auch sonst ganz nette Kerle. Wenn sie Konradin nicht wolle, könne sie ja vielleicht über Dietbert nachdenken. Dessen Linie sei zwar nicht so alt, aber das würde in ihrem Fall ja auch keine Rolle spielen.

Sie wolle weder Konradin noch Dietbert, setzte sich Heidi zur Wehr, sie wolle einzig und allein ihn. Und wenn alle anderen offenbar kein Problem mit einer nichtadeligen Frau hätten, warum ausgerechnet er?

Dafür gebe es bestimmte Gründe, die in der Geschichte der beiden Familien verankert seien, erklärte er ihr, und somit gebe es auch um diesen Punkt keine Diskussion. Er werde ihr die Jungs gern mal vorstellen, allerdings erst nach der Hochzeit, momentan sei er zu beschäftigt – sprach's und winkte dem Kellner für die Rechnung.

Als Heidi kurz darauf in ihrem Briefkasten die Einladung zur Hochzeit von Armin und Kathrin vorfand, schwappte eine Welle von Übelkeit über ihr zusammen, und sie mußte sich an der Wand abstützen. Er schien tatsächlich nicht zu ahnen, was er ihr antat. Entweder hatte er keine Gefühle, oder er fand es tatsächlich in Ordnung, sie in die Richtung zu lenken, die für ihn am geschicktesten war. Heidi konnte es nicht nachvollziehen.

Als sie endlich in ihrer Wohnung war, breitete sie heulend die Fotos auf dem Küchentisch aus, die sie gemacht hatten, als sie zu einem verlängerten Wochenende in Italien waren. Das war vor knapp einem Monat gewesen, und doch schien es, als seien es Bilder aus einer anderen Welt, völlig irrational, fiktiv, geträumt – aber vor allem eines: grausam. Sie betrachtete ihr gemeinsames Lachen, die zärtliche Geste, wie er sie festhielt, als der Kellner ein Foto schoß, sah, wie er ein Geldstück in den Brunnen der ewigen Liebe warf, das alles lag auffordernd bunt und glücklich vor ihr, und am liebsten hätte sie die Fotos zerrissen, wenn sie es nur übers Herz gebracht hätte.

Ein tiefes Schluchzen schüttelte sie, und sie vergrub ihr Gesicht in den Händen. Er wollte sie als Zweitfrau. Sie in der Rolle der Geliebten, verschachert an einen Freund, damit er weiterhin Kontrolle über sie hätte und – Zugriff? Nicht zu fassen!

Sie schaffte es nicht, ins Bett zu gehen. Der Schmerz saß zu tief. Irgendwann holte sie auch noch die Fotos der vergangenen Monate. Elf Monate hatte sie an die große Liebe geglaubt. Elf Monate lang hatte ihr jeder gesagt, wie hübsch sie sei, welche Ausstrahlung sie hätte. »Klar, ich bin verliebt«, hatte sie dann immer fröhlich geantwortet.

Verliebt, sagte sie laut vor sich hin und ging zum Küchenschrank. Dort stand noch eine Flasche Whisky, ein Geschenk ihres Chefs zu Weihnachten. Sie trank keinen Whisky, sie vertrug ihn nicht, aber heute hatte sie jeden Grund dazu, sich tödlich vollaufen zu lassen.

Nach drei Gläsern spürte sie, wie es ihr warm wurde, alles drehte sich, aber es war ihr recht. Sie mußte ihn ertränken, diesen Hurensohn von einem Freund. Gegen vier Uhr morgens versiegten die Tränen, sie schwankte ins Bad. Es galt, eine Bestandsaufnahme zu machen.

Heidi zog sich aus und stellte sich nackt vor den großen Spiegel. Gut, sie war nicht gerade superschlank. Ehrlicherweise war sie überhaupt nicht schlank. Noch ehrlicher betrachtet, sie wendete sich hin und her, kniff in ihre Hüften, war sie eher mollig bis vollschlank. Oder auch dick. Möglicherweise. Sie drehte sich nochmals um ihre eigene Achse und versetzte sich dann einen kräftigen Schlag auf den Hintern, so daß ihr Fleisch in Schwingungen geriet.

Okay, ich bin fett, sagte sie laut. Richtig fett, aber ich habe Power, und ich werde es dir zeigen, du kleiner Mistkerl, du verkappter Kronprinz. Heirate deine Prinzessin, vergrab dich in deinem Marmorschloß, von mir wirst du dazu ein passendes Hochzeitsgeschenk bekommen.

Sie holte schwankend ihr Glas, prostete ihrem Spiegelbild grinsend zu und trank es auf einen Schluck leer. Und während sie sich so betrachtete, fiel ihr auch das geeignete Hochzeitsgeschenk ein. Jetzt wußte sie genau, was sie zu tun hatte. Kurz danach war sie im Bett, versank in tiefen Schlaf und fegte, ohne dabei richtig aufzuwachen, eine halbe Stunde später den Wecker mit einer kurzen Handbewegung vom Nachttisch, als er schrill zu klingeln begann.

Strahlender hätte der Tag der Hochzeit nicht sein können. Heidi hatte auf einen Wolkenbruch gehofft, aber es war geradezu kitschig schön. Die heimische Barockkirche war während der Trauung überfüllt, etliche mußten stehen, weil die Sitzplätze bei weitem nicht ausreichten. Auf der grünen Wiese, nicht weit von der Kirche entfernt, war ein großes, weißes Zelt aufgebaut worden, geschmückt mit den Wappen der beiden Familien, außerdem mit etlichen Fahnen, Wimpeln und einer Menge bunter Luftballons. Es hätte hübsch und fröhlich aussehen können, wenn der Anlaß nicht so traurig gewesen wäre.

Heidi war nicht mit den übrigen Gästen in die Kirche gegangen, sie stand alleine draußen, etwas abseits, und wartete, bis das Brautpaar herauskommen würde. Als die Glocken zu läuten begannen und sich die verkleideten Edelfräulein und Edelmänner schnell zum Spalier formierten, außerdem die Blumenmädchen auf ihre Posten neben das Kirchenportal eilten, trat auch Heidi etwas näher heran. Sie trug ein zart rosafarbenes Kleid aus Rohseide und dazu einen passenden, weit schwingenden Sommerhut. Dies war ihr Tag, das konnte ihr keiner nehmen. Auch keine Kathrin von und zu.

Armin und Kathrin traten aus dem dunklen Inneren der Kirche hinaus auf den sonnigen Vorplatz. Applaus brandete auf, und sie küßten sich. Heidi schluckte kurz und trocken. Sie gaben ein wunderschönes Paar ab, das mußte sie zugeben, und es sah überaus stilvoll und edel aus, wie sie nun Arm in Arm die große Freitreppe hinunterschritten, durch das Spalier hindurch, überschüttet von Reis und guten Wünschen. Kathrin trug ein tief ausgeschnittenes weißes Kleid mit ausladendem Rockteil und einer schier unendlichen Schleppe, und Armin glänzte eng neben ihr im Cut.

Als Heidi an das frisch getraute Paar herantrat, stutzte Armin kurz, lächelte ihr dann aber mit schalkhaft blitzenden Augen zu.

»Schön, daß du auch da bist, Heidi. Ich habe dich in der Kirche schon vermißt!«

Kathrin blieb neben ihm stehen, anscheinend wartete sie darauf, daß er ihr Heidi vorstellte. Heidi sagte nichts. Wie würde er das anstellen? Eine alte Freundin? Meine zukünftige Geliebte?

Armin überging diese Förmlichkeit, indem er zu dem Festzelt wies. »Kommt, laßt uns was darauf trinken. Der Champagner wartet schon!«

Heidi reagierte nicht. Sie blieb vor ihm stehen, was Kathrin veranlaßte, mit einer ungeduldigen Geste auf die nachrückenden Gäste zu deuten. »Wir sollten vielleicht tatsächlich zum Zelt gehen!«

Heidi lächelte Kathrin kalt an. »Ich habe ein spezielles Hochzeitsgeschenk für Armin«, sagte sie zu ihr, um sich gleich darauf an Armin zu wenden, »und das werde ich dir hier und jetzt geben!« Kathrin zog ihre Augenbrauen leicht hoch, und Armin warf Heidi einen fragenden, skeptischen Blick zu. Heidi erwiderte ihn gelassen.

Armin strich Kathrin leicht über den Rücken. »Wenn du uns kurz entschuldigen würdest, ich komme gleich nach«, sagte er leise zu ihr, allerdings sah Kathrin nicht im entferntesten danach aus, als ob sie auch nur im Traum daran dächte, einen einzigen Schritt ohne ihn zu machen.

Heidi stand und schwieg.

»Ich komme sofort nach«, wiederholte sich Armin, eine Nuance rauher.

Kathrin warf Heidi einen unwilligen Blick zu, löste sich von Armin und sagte langsam: »Zwei Minuten. Ich mache mich an meinem Hochzeitstag doch nicht lächerlich!« Damit zupfte sie ihre Schleppe zurecht und ging an Heidi vorbei auf eine kleine Gruppe zu, die sie mit Beifall empfing.

»Mach das nie mehr.« Armin schaute sie warnend an.

»Was?« fragte Heidi unschuldig.

»Mich vor meinen Freunden zu kompromittieren.«

»Du meinst vor deiner Frau. Deine Freunde haben

sich bereits bloßgestellt. Gehörte gar nicht viel dazu. Alle zwölf!«

»Wie meinst du das?«

Heidi nahm das in helles Schweinsleder gebundene Buch, das sie bisher unter dem Arm getragen hatte, und reichte es ihm.

»Hier, bitte, mein Hochzeitsgeschenk. Exklusiv für dich!«

Zögernd griff er danach, schlug es willkürlich in der Mitte auf und las laut vor: »Stöhnt mehr, als er etwas bringt. Außerdem zu kurz geraten, was er durch blöde Frauenwitze kompensieren will. Kann er aber nicht. Völlig unmännliches Gewinsel, wenn er zum Höhepunkt kommt...« Armin hielt inne, überflog nochmals ungläubig, was er da eben laut vorgelesen hatte, und blickte auf.

»Was ist denn das?«

»Das ist dein Freund Julius, wenn mich nicht alles täuscht. Deine Kameraden Konradin und Dietbert befinden sich auf Seite eins und zwei.«

Armin klappte das Buch zu, als sei das Alte Testament mit Blut besudelt worden, schlug es nach einer Schrecksekunde allerdings sofort wieder auf. »Du willst doch nicht sagen, daß...«

»Was hast du denn? Du fandest deine Freunde doch so toll? Ich habe nur ein Protokoll geschrieben, über jeden einzelnen von ihnen. Länge, Dicke, Breite, Maß, Ausdauer, Höhepunkt, Bewertung. Keiner kam über ›befriedigend‹ hinaus. Ich dachte, es könne für eine so außerordentliche Männerfreundschaft wie die eure von Nutzen sein, wenn einer über den anderen genau Bescheid weiß. Bitte sehr, mein Lieber, macht sicherlich viel Spaß, ich fand es auch recht amüsant, wenn sich auch einige deiner zwölf hochgelobten Freunde als rechte Schlappschwänze erwiesen haben. Aber das kannst du ja in Ruhe nachlesen!«

Er starrte sie an und sagte kein Wort.

»Und ansonsten«, sie lächelte ihn an, »genieße dein Leben. Weiterhin. Ohne mich!«

Damit drehte sie sich um und ließ ihn stehen.

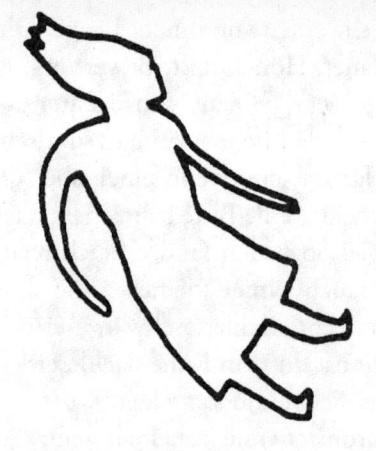

Kinder

Kinder sind für alles gut. Als Alibi, für echte Lebens-
freude, für Magenschmerzen, zum Kuscheln, zum Schlagen, zum Lieben, zum Vergewaltigen. Mit Kindern läßt
sich ein tolles Image aufbauen, wenn man prominente
Mutter ist, mit Kindern läßt sich gutes Geld verdienen,
wenn man Produzent ist, und mit Kindern lassen sich
graue Haare kriegen, wenn man alleinerziehend ist.
Ohne Kinder ginge alles leichter, mit Kindern wäre alles
schöner, je nachdem wünscht sich es jeder anders.
Dabei waren wir doch alle selbst einmal Kinder und wissen, wie es ist. Wir haben erfahren, wie es ist, wenn die
Eltern keine Zeit für einen haben, wenn man mit den
Ängsten und Sorgen alleine bleibt. Wir haben erfahren,
wie es ist, wenn andere ein Fahrrad bekommen, wir
aber nicht, wenn andere in ein Zeltlager dürfen, wir aber
nicht, wenn man früh ins Bett muß, obwohl gleich die

Lieblingssendung kommt. Wir haben erfahren, wie es ist, wenn die Geschwister bevorzugt werden, und wir haben auch erfahren, wie schön es ist, eine tröstende Hand zu finden, wenn man sich das Knie aufgeschlagen oder eine schlechte Note geschrieben hat. Alles, was Kinder heute durchmachen, im Guten und im Schlechten, müßten wir doch nachfühlen können, wenn wir nur einmal in uns hineinhorchten. Was braucht es da Psychotherapeuten und Wissenschaftler – eine Kinderseele ist schließlich kein zugeschlagenes Buch, wir haben einst selbst darin gelesen.

DER WAHRE SEGEN DER MENSCHHEIT

In der Sekunde, als Laura die Pille geschluckt hatte, wußte sie, daß sie sich vergriffen hatte. Anstatt sich die tägliche »Frauen-Power-Leistungspille« reinzuziehen, hatte sie die »Testosteron-3D-Pille« erwischt. Das war äußerst ungeschickt, denn die Pille ihres Mannes garantierte dreifache Potenz, was sie angesichts ihres neuen Liebhabers gut gebrauchen konnte – aber auch verstärkten Haar- und Bartwuchs.

Laura schaute die verschiedenen Pillenfächer durch, aber sie fand auf die Schnelle kein geeignetes Gegenmittel. Die Pille gegen vorzeitiges Altern, die Pille gegen überschüssige Fettzellen, die für den großen Busen, die für feste Hoden, die gegen Vitaminabbau und die gegen Zahnausfall. Alles war vorrätig, aber für so einen Fall war sie nicht gut genug sortiert.

Sie klickte ihre Freundin an, sicherlich konnte die ihr helfen. Kaum, daß deren Bild auf dem Monitor erschien, war Laura jedoch klar, daß der Zeitpunkt äußerst ungünstig war. Una lag bäuchlings auf dem Stretcher, drei ihrer vier Männer massierten ihr mit Hingabe den Rückenbereich. Konnte Laura sie unter diesen Umständen nach einer Pille gegen Bartwuchs fragen?

Aber Una lachte nur schallend, als sie den Anruf annahm. »Kann es sein, Darling, daß du gerade zuwächst?« fragte sie und richtete sich auf, so daß ihr faltenfreies Gesicht bildschirmfüllend vor Laura auftauchte.

»Wie meinst du das?« Laura faßte sich erschrokken ans Kinn. Tatsächlich. Die ersten Stoppeln fühlte sie schon, und auch ihr kurzes schwarzes Haar schien bereits gewachsen zu sein.

»So ein Mist, Una, ich habe versehentlich Abels Testosteronpillen erwischt. Was mach' ich jetzt bloß?«

»Machen die nicht höllisch scharf?« Unas blaugrüne Augen, ein Produkt der intergalaktischen Pharmaindustrie, schauten interessiert.

»Keine Ahnung, Una, so weit bin ich noch nicht. Mich interessiert jetzt nur das Gegenmittel. Schau mich doch an!«

»Tatsächlich. Bemerkenswert!« Una warf ihr noch

einen Blick zu, dann verschwand sie aus dem Monitor und gab damit den Blick auf ihre drei Männer frei. Die grinsten Laura frech an, was Laura dazu brachte, schnell aus dem Aufnahmebereich ihrer Cam zu treten. Während sie ängstlich ihren stetigen Bartwuchs befühlte, hörte sie ihren Beamer summen. Tatsächlich, auf der Aufbereitungsplatte materialisierten sich bereits drei rosafarbene Pillen. Panisch griff Laura danach und schluckte sie aus der hohlen Hand. Dann lief sie schnell zurück. Una schien bereits auf sie zu warten.

»Klasse, Una, das ging ja fix! Jetzt muß es nur noch wirken!«

Sie schaute verständnislos. »Was muß wirken? Ich wollte dir eben sagen, daß meine sämtlichen Anti-pillen ausgegangen sind. Ich hätte noch etliche Pillen für verschiedene Träume, angefangen von frischem Verliebtsein bis zur schmerzlosen Verabschiedung alter Liebhaber, außerdem welche zur Regenerierung der obersten Zellschicht und mein Geheimtip, die kleinen Grünen für knackiges Bindegewebe. Dann wären da noch …«

»Una!« unterbrach sie Laura, während sie versuchte, das Gesicht hinter beiden Händen zu verstecken, »was waren das dann für Pillen, die ich eben geschluckt habe?«

Irritiert rümpfte Una ihr nach Schönheitsbauplan

X3078 gerichtetes Stupsnäschen. »Ich habe keine Ahnung, Süße, du hörst doch, ich habe nichts dergleichen!«

Fassungslos ließ Laura die Hände sinken und erkannte gleichzeitig im unwillkürlichen Erschrecken Unas, daß sie bereits schlimm aussehen mußte.

»Wie wär's zunächst mal mit einem Rasierapparat?« fragte Una zögerlich.

Laura klickte sie wütend weg und rannte zu ihrem Beamer zurück. Tatsächlich, in der Zwischenzeit war da auch noch ein Hinweiszettel erschienen. Hektisch las sie ihn, verstand ihn aber nicht und mußte ihn nochmals lesen. »Werbesendung: Gratispillen« stand da. »Schöneres Fell für Ihre Haustiere. Formt aus langweiliger Kurzhaarkatze edle Perserkatze. Auch für Hunde geeignet ...«

Laura ließ den Zettel sinken und kratzte sich am Rücken, wo es entsetzlich juckte. Das ist für Tiere, sagte sie sich, es wird bei Menschen nicht wirken. Nicht wirklich! Sie drehte den Zettel schnell um: »Für Katzen eine Pille, für Hunde zwei, und wer sein Reitpferd veredeln will, gebe ihm drei.«

Sie hatte die Dosis für ein Reitpferd genommen. Blieb nur zu hoffen, daß der Pharmaindustrie diesmal ein Fehler unterrlaufen war und das Zeug nichts taugte. Doch was sie da auf ihrem Rücken spürte, sprach dagegen. Und auch ihr Bart wuchs unaufhörlich ebenso wie ihre Haare ihrem Kragen entgegen. Sie mußte das Zeug loswerden, bevor Abel nach Hause käme. Nur seltsam, daß ihre Libido überhaupt nicht reagierte. Versprachen die Pillen nicht dreifache Potenz? Kein Wunder, daß Abel keinen mehr hoch bekam. Es lag also nicht an ihr!

In der Zwischenzeit spürte sie, wie sich auch die Härchen an ihren Oberschenkeln aufrichteten. Es hatte keinen Sinn. Sie mußte etwas unternehmen, bevor sie schließlich völlig zugewachsen sein würde. Bine fiel ihr ein, sie war Strahlenkosmetikerin und kannte sich mit allen Schönheitstricks aus. Besser noch als Una, die mit ihren fünfundachtzig Jahren immerhin wie fünfundzwanzig aussah.

Bine war entsetzt, man sah es ihrem weißhäutigen Michelangelo-Puttengesicht überdeutlich an. »Bist du das, Laura?« fragte sie und ging dicht an ihren Monitor heran.

»Und ob! Ich habe aber nicht die Absicht, so zu bleiben! Kannst du mir etwas gegen Testosteron-3D-Pillen geben? Und auch gleich noch gegen Fellwachspillen? Es wäre dringend!«

Bine ging mit ihrem Marmorgesicht etwas auf Abstand, fast so, als könne sie sich durch zuviel Nähe anstecken.

»Ich habe natürlich eine Epilationspille da. In deinem Fall vielleicht besser zwei …« Sie rückte wieder etwas näher. »Sag mal, kann das sein, daß auf deinen Händen …?«

Laura betrachtete den zarten Flaum auf ihrem Handrücken, dann schob sie langsam ihren Ärmel nach hinten. Auch der Unterarm war bereits von einem hellbraunen, lichten Vlies bedeckt. »Ich glaub's ja kaum«, sagte Laura und streckte ihren Arm in Richtung Cam, damit Bine es auch sehen konnte.

»Sicherlich hast du auch schon auf dem Busen Haare, am Po und an den Schenkeln. So etwas habe ich noch nie gesehen!« Anscheinend war Bines fachliches Interesse geweckt und überwog ihren Abscheu. »Könntest du dich mal kurz ausziehen? Vielleicht wächst dir ja auch schon ein Schwanz – oder wie nennt man das bei Hunden? Rute?«

Laura zog hastig ihren Ärmel wieder vor. »Schick mir diese Epilationspillen rüber, das ist alles, was ich im Moment will!« Sie mußte sich wieder am Rücken kratzen und bemerkte dabei, daß es sich tatsächlich bereits wie das weiche Fell eines Hundes anfühlte. »Mach schnell!« setzte sie hinzu.

»Habe ich dir bei der Gelegenheit schon von unseren neuen Pillen gegen zu große Ohren erzählt? Nicht nur, daß sie auf genau das Maß schrumpfen, das im

Moment en vogue ist, nein, mit der Zusatzpille verlagert sich auch noch eine Libidolinie genau dort hinein. Stell dir vor, du mußt dir nur mal im Ohr spielen, und schon …«

»Hör auf mit so einem Unfug! Ich habe jetzt andere Sorgen!«

»Nein, stell dir vor, mitten in der Öffentlichkeit ein Orgasmus, und keiner ahnt es!«

»Wenn du das Zeug anpreist, weiß es jeder! Zumindest jeder, der mir beim Ohrenpuhlen zuschauen könnte!«

Bine blieb kurz still. »Was soll denn das heißen?«

»Komm, Bine!« Laura kratzte sich im Bart, der nun schon über ihren Kragen hinausgewachsen war. »Befreie mich von diesen Haaren! Schick von mir aus die anderen Pillen mit. Obwohl ich finde, daß ich ausgesprochen schöne Ohren habe!«

»Völlig out! Viel zu eckig und mit angewachsenen Ohrläppchen, trägt heute kein Mensch mehr!«

»Gut, gut, aber mach schnell, bevor Abel heimkommt! Er wird sonst glauben, ich nasche mit Absicht von seinen Pillen. Das wird ihm nicht passen, denn sie sind höllisch teuer!«

»Die Ohrenpillen auch! Ganz zu schweigen von den Zusatzpillen!«

»Mach, Bine! Bitte!«

Bine verschwand aus dem Monitor und gab damit den Blick frei in ihr Studio. Laura war sich nicht sicher, aber auf dem hintersten Behandlungsstretcher sah sie jemanden liegen, der verdammt nach Abel aussah. Welche Strahlenkosmetik konnte Bine ihm wohl verabreichen?

Sie hörte ihren Beamer summen, und gleich darauf war Bine zurück. »Du kannst jetzt zugreifen«, sagte sie. »Bonne chance. Und das nächste Mal fragst du eine Fachfrau, bevor du an fremde Pillen gehst!«

»O Mann, Bine, das war doch … Ich erkläre es dir später!«

Laura hechtete zu ihrem Beamer. Tatsächlich, da lagen ihre Erlöser. Ob kleine Ohren mit oder ohne Libido, das war ihr jetzt völlig egal. Hauptsache, sie war wieder haarfrei. Sie schluckte alle und spülte mit einem Schluck Chemwater nach. Nun galt es abzuwarten. Hoffentlich wirkten die Pillen so schnell wie die anderen. Um ganz sicherzugehen, zog sie sich in einer der wenigen toten Ecken der Wohnung aus. Tatsächlich, Bine hatte recht gehabt. Ihr ganzer Körper war bereits behaart, sie fühlte sich an wie die Hunde im Streichelzoo. Unbeobachtet von jeglichen Kameras strich sie sich über Busen und Beine und hätte es direkt komisch finden können, wenn nicht die Sorge gewesen wäre, daß Bines Pillen möglicherweise doch versagen könnten.

Aber dann spürte sie es. An den Ohren zuckte es recht schnell, es kribbelte und zwickte, vibrierte und stach, ihr Körperhaar stellte sich unter einer Gänsehaut vom großen Zeh bis zur Kopfhaut auf. Es war mittlerweile ein beachtliches Fell, gleich dem Pelzmantel ihrer Mutter auf dem alten Foto von 1999. Langsam wurde Laura ungeduldig. Im Jahre 2085 sollte es doch wohl möglich sein, solch lapidare Dinge schneller in den Griff zu bekommen, als es hier augenscheinlich geschah.

Doch dann wirkte es. Büschelweise fielen ihr die Haare aus, erst im Gesicht, dann am Körper, schließlich auf dem Kopf. Laura blieb stehen, wo sie gerade stand, und schaute zu. Schließlich schmiegte sich ein weicher Berg aus kurzen und langen, dunklen und hellen Haaren um ihre Beine.

Dumm war nur, daß auch ihr Haupthaar inklusive Achsel- und Schamhaare ausgefallen war.

Sie war vollkommen nackt.

So hatte sie nicht gewettet!

Wütend stieg Laura aus den Haaren heraus, wischte sich die Zehen sauber, zog ihren Zyrionkittel wieder an. Sie klickte Bine an. Die Mattscheibe blieb schwarz. Was trieb das Luder, während ihr hier die Haare ausfielen?

Sie klickte nochmals, energischer, aber es nützte nichts. Schließlich ging Laura zu ihren Pillenfächern. Sie würde auch alleine zurechtkommen. Was sie jetzt brauchte, war die Pille für weibliches Kopfhaar, Marke »Kurz, dicht und schwarz«. Aber, typisch, sie hatte schon lange nicht mehr nachgeordert, es war nur noch die Notfallsituation »Blond und lang« vorhanden. Laura überlegte.

Dann klickte sie ihren Friseur an. Der betrachtete stirnrunzelnd ihren kahlen Kopf und erklärte ihr schließlich, daß ihre Pille, abgestimmt auf ihre Kopfhaut, die Blutgruppe und das Schuppenmaß, frühestens in zweiundzwanzig Stunden geliefert werden könne.

»Dann liefern Sie«, sagte Laura bestimmt, schaltete ihn weg und entschied, daß es im Moment egal sei, was sie schmücke, Hauptsache Haare. Sie schluckte »Lang und blond«. In zweiundzwanzig Stunden könnte sie das ja wieder ändern.

Erwartungsvoll ließ sie sich auf dem Swingingchair nieder. Einige Gewebemassagen würden die Zeit verkürzen, bis die Pille wirkte und sie endlich wieder wie ein Mensch aussehen würde. Während sie sich dem Sessel hingab und ihre Gedanken in die unendlichen Weiten der Wellenempfänglichkeit treiben ließ, prikkelte ihre Kopfhaut, und sie strich darüber. Tatsächlich, die Haare sprossen. Ein Glück!

Der Elevator klingelte, Laura stand auf. Gleich würde Abel kommen. Sie setzte das Spiegelsignal und betrachtete sich. Nun, die Haare waren bereits schulterlang, er würde es als Überraschung werten. Kleine männliche Eitelkeit eben, aber heute würde sie ihn nicht von seinem Glauben abbringen. Vielleicht hatte er sich bei Bine ja Erotikstrahlen setzen lassen, und es käme mal wieder zu einer exzessiven Nacht. Lang genug war's her, dank dieser nutzlosen Testosteron-3D-Pillen, wie sie jetzt aus eigener Erfahrung wußte.

Kein Wunder, daß er ständig gegen seinen überdurchschnittlichen Haar- und Bartwuchs kämpfen mußte. Wahrscheinlich hatte er sich monatelang mit dem Zeug zugeschüttet in der Hoffnung, es würde Wirkung zeigen.

Die Silberwand gab Abel frei, und Laura lief auf ihn zu. Er sah nicht anders aus als sonst, fand sie, kein verheißungsvolles Glitzern in den Augen, kein forderndes Lächeln in den Mundwinkeln. Nichts, was auch nur im entferntesten an die begehrlichen Blicke ihres Liebhabers erinnert hätte.

Sie mußte es frontal angehen, sollte sie von ihrem Mann auch noch einmal etwas haben wollen.

»Ich habe das Lager für die Nacht schon gerichtet«, sagte sie und küßte ihn aufmunternd auf den Mund.

»Ach, ja«, sagte er und schaute sie verblüfft an. »Anders als sonst?«

»Animalisch wie das Liebeslager meiner Mutter anno 1999!« Sie wies mit einer koketten Handbewegung auf das Lager aus hellen und dunklen, weichen und harten, kurzen und langen Haaren.

»Donnerwetter«, Abel staunte, schwieg und schaute dann Laura forschend an. »Woher weißt du es?«

»Wie?« Jetzt kniff Laura die Augen fragend zusammen. »Was meinst du?«

Er lachte tief und dumpf, und sie spürte ganz genau, daß es um Sex ging.

»Nun«, er ließ sich langsam auf Lauras Liebeslager sinken, »ist es nicht ein Glück, daß wir nicht mehr der Generation deiner Mutter angehören? Wir wären alt und verschrumpelt, würden am Zerfall unserer Körper verzweifeln, müßten beim Liebesspiel schwitzen und stöhnen und zappeln und sonst was anstellen. Früher haben sie dabei auch noch Kinder gekriegt, welche Horrorvorstellung!«

»Na ja«, Laura zuckte die Achseln. »Wer nicht stirbt, braucht keine Kinder. Es hat sich eben manches überlebt. Aber trotzdem«, sie zupfte behutsam an seinem Gürtel. »Manches war vielleicht doch ganz okay …«

Er griff in ihr volles blondes Haar, das ihr mittlerweile bis zur Hüfte reichte. »Du mußt dich nicht bemühen, wirklich nicht, Darling. Ich bin darüber informiert, was du wirklich willst. Und damit du siehst, daß ich dich wirklich liebe, habe ich gleichgezogen!«

Laura sank neben ihm nieder.

»Ich verstehe nicht, was du meinst!«

Er sagte nichts, sondern faßte sich bedeutungsvoll an sein Ohr, das Laura plötzlich seltsam klein vorkam. Er bohrte seinen Finger hinein und streckte sich neben ihr aus. Sogleich bekam er einen verzückten Ausdruck im Gesicht.

»Was ist denn jetzt?« fragte Laura, dann fiel es ihr plötzlich ein. Das hatte sie ja total vergessen. Das Libidoohr! Deshalb war er bei Bine gewesen. Sie hatte ihm ebenfalls diese Pillen verpaßt! Völlig sprachlos sank Laura neben ihm ins Fell.

»Eine nette Idee von dir«, hörte sie ihn noch sagen. Dann sah sie seinen Zeigefinger auf sich zukommen und fühlte, wie er sich in ihrem neuen Ohr verankerte. Augenblicklich fuhr eine nervöse Leitung von ihrem Unterleib hoch ins Ohr. »Ist das nicht toll«, flüsterte er erregt, »eine tatsächliche Errungenschaft unserer Zeit. Der Körper befriedigt sich von selbst. Das hätten unsere Eltern uns vor fünfundachtzig Jahren mal vormachen sollen! Die pure, die ursprüngliche, die tiefe Lust – nur für dich alleine. Du brauchst mit niemandem zu teilen, du gibst es dir selbst. Das ist die Revolution der Sinne! Diese Pillen sind ein wahrer Segen für die Menschheit!«

Mütter

Mütter können fürchterlich nerven, weil sie immer alles besser wissen. Wenn man klein ist, muß man sich eine Jacke anziehen, obwohl man überhaupt nicht friert. Wird man größer, darf man mit diesem Rock nicht auf die Straße, weil er zu kurz ist. Beginnt man zu studieren, ist man der mütterlichen Fürsorge ausgesetzt. Dann werden die Kommilitonen begutachtet. Muß es denn der mit dem Ring in der Nase sein, könnte es nicht der Fabrikantensohn …? Wird der Haushalt gegründet, kommt das Unvermeidliche: »Ich mach's aber immer so …« Und kommen die Kinder, wird kräftig miterzogen: »Mit schmutzigen Fingernägeln an den Tisch, daß du das erlaubst!« Dann kommt man mit vierzig in das Alter, in dem man spätestens keine Mutter mehr braucht, aber beginnt, sich freiwillig Ratschläge einzuholen. Mit fünfzig bangt man dann, daß die Mutter noch lange leben möge, und mit sechzig sitzt man am Tisch seiner Tochter und bemängelt, daß sich ihr Sohn mit schmutzigen Fingernägeln an den Tisch setzt...

MUTTERLIEBE

Sie lag auf ihm, und er bekam keine Luft. Sollte er auch nicht, denn er war ein kleiner, jämmerlicher Versager. Regina verlagerte etwas ihr Gewicht und schaute nach unten. Tatsächlich, er war schon blau im Gesicht. Das gefiel ihr, denn es stand im krassen Gegensatz zu seinen kessen Sprüchen. »Fett fickt gut«, hatte er gesagt. Jetzt konnte er sehen, wo er mit solchen Sprüchen hinkam.

»Dünn stirbt langsam«, sagte sie leise und grinste ihn an, während seine Augen langsam hervortraten.

»Laß es gut sein«, keuchte er, aber sie hatte ihn unter ihren hundertdreißig Kilo begraben und fühlte sich gut dabei. Schließlich war er eben noch der Meinung gewesen, daß Frauen auch mal oben liegen könnten, sich nicht nur bedienen lassen sollten. Nun, das hatte er jetzt. Voll und ganz. Warum sollte sie es ändern wollen, wenn sie sich gut dabei fühlte?

Er war der dritte in diesem Monat, trotzdem kam sich Regina nicht wie eine Sexualverbrecherin vor, auch wenn der Monat erst zwölf Tage alt war. Es lag nicht an ihr, es lag an der Art, wie diese Männer ihr begegneten. Anstatt nach ihrer Seele zu tasten, tatschten sie nach ihrem Busen. Zugegebenermaßen war er dreifach so groß wie bei anderen Frauen, trotzdem war das für sie kein Grund. Sie vergruben sich in ihr und wunderten sich, wenn sie daran erstickten. Es war nur die logische Konsequenz.

Als sich Regina an diesem Nachmittag vom Lager erhob, verschwendete sie keinen Blick auf das, was sie dort hinterließ. Warum sollte sie auch, es war platt und reichlich unattraktiv.

»Ich bin die Königin«, sagte sie laut, bevor sie seine Wohnung verließ.

Es war nicht nur ein Ritual, sondern außerdem die Wahrheit. Nicht umsonst trug sie diesen Namen. Ihre Mutter hatte ihr schon früh klargemacht, daß es ihre Haltung sei, ihr Name und ihre Überzeugung, was sie als Mensch und vor allem als Frau ausmache.

Mit dieser Gewißheit versuchte sie sich, zumal sie keine andere Chance hatte, bereits in ihrer Kindheit über den Spott der Mitschüler hinwegzuretten, denn ihre Mutter zeigte absolut kein Verständnis dafür, wenn Regina ihre Mahlzeiten nicht aufessen wollte. Für ihre Mutter waren die Dünnen krank, nicht die Dicken. Schließlich sah man den Dicken doch an, daß es ihnen gutgehen mußte. Dicksein muß man sich leisten können, sagte ihre Mutter immer, und sie meinte es im doppelten positiven Sinn.

Doch während ihrer Pubertät halfen alle guten Sprüche ihrer Mutter nichts, denn die Jungs schauten sich nach den Dünnen um. Als sie sich zum ersten Mal richtig verliebte, bat sie ihre Mutter um eine Diät. Egal was, Hauptsache, sie würde zehn Kilo abnehmen. Ihre Mutter verwies darauf, daß sie, Regina, doch immerhin auf der Welt sein, was bedeute, daß sie selbst doch auch einen Mann gefunden habe. Trotz ihrer stattlichen Leibesfülle. Es gebe also auch Männer, die Dicksein attraktiv fänden. Somit sei eine Diät voll und ganz unnötig.

Regina aß weiter und verachtete sich dafür. Dann stellte sie fest, daß ihr der Superboy der meistgehaßten, da hübschesten Mitschülerin immer mal wieder seltsame Blicke zuwarf. Er wurde ihr erster Mann, sie war sechzehn und romantisch und er neunzehn und geil. Was sie davon hatte, waren tiefe Depressionen, denn er schaute sie danach nicht mehr an, und das sichere Gefühl, sich nie mehr im Leben verlieben zu können.

Als Ludwig kam, war sie zwanzig und hatte seit jener ersten Nacht keinen Freund mehr gehabt. Sie hatte sich in den Jahren von allem ferngehalten, was nach Verletzung aussah, also auch von Diskos. Fett am Rande zu stehen und zuschauen zu müssen, während sich andere amüsierten, das wollte sie sich nicht antun. Sie probierte eine Diät nach der anderen, hatte aber den Eindruck, jedesmal danach noch dicker zu werden. Ihre Mutter schüttelte nur noch den Kopf. Nach wie vor war sie der Meinung, ihre Tochter bilde sich das alles ein.

»Schau«, sagte sie bei jedem stabileren Model in XXL-Katalogen, »die sieht doch toll aus. Aber noch lange nicht so gut wie du! Du mußt dich nur mal anschauen, Regina, du bist die Königin!«

Die Königin hatte sich zwischenzeitlich daran gewöhnt, daß sie übersehen wurde. Abwarten und Rückzug lautete ihre Devise, sobald ihr jemand zu nahe kam. So wie an jenem Nachmittag, als sie im Park auf der Bank saß und ihr Gesicht mit geschlossenen Lidern in die Frühlingssonne hielt.

Als ein Schatten darauf fiel, reagierte sie zunächst nicht. Schließlich öffnete sie die Augen und schaute in das lächelnde Gesicht eines jungen Mannes.

»Hey«, sagte er und bewegte sich nicht.

»Hey«, antwortete Regina und überlegte, ob sie ihn kannte.

Er musterte sie, und langsam wurde es Regina unbehaglich. Automatisch zog sie ihre Jacke über der Brust zusammen.

»Du siehst toll aus«, sagte er und nickte ihr zu.

Regina sagte nichts, denn sie war sich nicht sicher, wie er das meinte.

»Ich heiße Ludwig«, stellte er sich vor.

»Regina«, antwortete sie, ohne einen klaren Gedanken fassen zu können.

Er sah gut aus. Ein Jeanstyp. Wie hatte die Mitschülerin, deren Freund sie entjungfert hatte, früher gesagt? »Jeansmen are better lover!«

Ihr eigener Freund war es jedenfalls nicht. Oder doch? Sie hatte keine Ahnung.

»Darf ich mich zu dir setzen?« Er stand noch immer vor ihr.

Regina rückte aus alter Gewohnheit zur Seite.

»Nicht nötig«, sagte er und grinste. »Bleib nur!«

Dann setzte er sich neben sie und lehnte sich entspannt gegen die hölzerne Rückenlehne. Regina spürte, wie sich alles in ihr verkrampfte. Sie konnte sich nicht erinnern, wann ein Mann zuletzt so nah an ihrer Seite gesessen hatte. Sie spürte seinen Schenkel an ihrer Seite und seine Wärme.

»Wohnst du hier in der Stadt?« fragte er nach einer Weile. »Ich glaube, ich habe dich noch nie gesehen!«

Er schwieg kurz und fügte dann hinzu: »Bedauerlicherweise!«

Regina warf ihm einen Seitenblick zu. Er sah gut aus, viel zu gut, um sich hier zu ihr auf die Parkbank zu setzen. Einfach so.

»Was willst du?« fragte sie geradeheraus, in der Gewißheit, daß ihre Mutter deshalb die Hände über dem Kopf zusammengeschlagen hätte.

Er zuckte die Achseln. »Ein bißchen plaudern. Einfach so ...« Er schaute sie an. »Oder störe ich? Erwartest du jemanden?«

Ich bräuchte nur ja zu sagen, überlegte Regina, und schon wäre ich ihn wahrscheinlich los. Sie betrachtete seine Hand, die breit und kräftig, mit sauber geschnittenen Fingernägeln neben ihr lag. Warum sollte sie das tun?

»Ich erwarte niemanden«, sagte sie wahrheitsgemäß, »ich sitze nur einfach so in der Sonne!«

Er lud sie zu einem Kaffee ein, dann zum Wein, und schließlich landeten sie bei ihm in der Wohnung. Regina war klar, daß das alles irgendwie zu schnell ging, aber es war die Gelegenheit, und sie wollte es jetzt wissen. Fand er sie schön? Begehrenswert? Sexy?

Anfangs hatte er etwas Mühe mit der Erektion, das sah sie, und es wunderte sie etwas. War es nicht seine Idee gewesen, den Abend auf diese Weise zu beenden? Sie bemühte sich, aber sie wußte nicht so richtig wie, denn es fehlte ihr schlicht die Erfahrung. Als es schließlich doch soweit war, empfand sie es völlig anders als beim ersten Mal. Vielleicht gerade deshalb, weil er nicht wie ein fünfbeiniger Hengst daherkam. Sie konnte ihn genießen, war sich aber nicht sicher, ob er sie glücklich machte.

Von da an trafen sie sich regelmäßig, mindestens zweimal in der Woche. Ludwig war stets gut aufgelegt, aber er erzählte kaum etwas von sich selbst. Regina mußte feststellen, daß sie ihn auch nach zwei Monaten noch kaum kannte. Sie war sich nicht sicher, wie sie diese Beziehung anzusiedeln hatte. War das eine Freundschaft? Eine Partnerschaft? Konnte da etwas daraus werden? Oder war es eine schlichte Bumsbeziehung? Sie wollte mehr, denn sie hatte sich in ihn verliebt.

Er rumorte in ihrem Kopf und saß in ihrer Seele. Alles in ihr schrie nach ihm, und sie überlegte ständig, wie sie ihn dazu bringen könnte, daß sie sich öfter sähen oder vielleicht sogar gemeinsame Zukunftspläne schmieden könnten. In ihren kühnsten Tagträumen sehnte sie sich in eine gemeinsame Wohnung.

Vorsichtig bereitete sie ihre Mutter auf eine solche

mögliche Entwicklung vor und sah mit Erstaunen, daß ihre Mutter nichts gegen ihre Pläne hatte.

»Überstürze es nicht, Kind, gönne es dir einfach«, sagte sie, aber sonst weiter nichts.

Ludwig stand unter der Dusche, als Regina die Ecke eines Blattes aus der Schublade des Nachttisches herausblitzen sah. Offenbar war die Schublade hastig zugestoßen worden. Es lag an dem von ihrer Mutter jahrelang antrainierten Ordnungssinn, daß sie die Schublade öffnete und das Blatt Papier glatt hineinlegen wollte. Ihr Blick blieb an einer Zahlenkette hängen, und sie mußte sich setzen, als sie erkannte, worum es sich handelte.

Als Ludwig psychisch und physisch aufgestellt aus dem Bad kam, saß sie weiß und zitternd auf dem Bett. Er wußte, worum es ging, bevor sie noch einen Ton gesagt hatte. Er blieb abwartend vor ihr stehen, verschränkte die Arme, und seine Erregung kühlte zusehends ab.

»Sie hat dich gekauft!«

Er sagte nichts.

»Sag schon! Sie hat dich gekauft!«

»Du hättest nicht herumschnüffeln sollen. Das tut man nicht!«

Regina richtete sich auf. Ihre Emotionen überschlugen sich. Sie wußte nicht, ob sie haltlos heulen oder vor Wut toben sollte.

»Das war keine Absicht! Das nicht! Absicht war dies hier!« Sie wies mit einer weiten Handbewegung übers Bett.

»Mag sein. Trotzdem hat's Spaß mit dir gemacht. Ich denke, das solltest du wissen! Für deine Zukunft, meine ich!«

Das war der Moment, da Regina trotz ihrer hundertdreißig Kilo behende wie ein Boxer vom Bett hoch sprang und ihm an die Gurgel ging. Sie packte ihn, aber er war erstaunlich kräftig, entwand sich ihrem Zugriff und brachte sich auf der anderen Seite des Bettes in Sicherheit. Regina blieb stehen und starrte ihn an. Sie hätte ihn umbringen können, jetzt auf der Stelle. Aber er war der Falsche.

»Tut mir leid«, sagte er noch, als sie ihre Sachen zusammenraffte und die Schlafzimmertür hinter sich zuknallte, um sich im Flur anzuziehen.

Eine knappe halbe Stunde später war sie zu Hause. Noch nie war sie in einem solchen Tempo durch die Stadt gerast. An jeder roten Ampel hatte es geblitzt, aber sie hatte keinen Sinn für Nebensächlichkeiten, ihre Ehre, ihre Selbstachtung, ihr Leben standen auf dem Spiel.

Ihre Mutter drehte sich fragend nach ihr um, als sie in die Küche stürmte, aber da hatte sie auch schon das Küchenmesser in der Hand.

»Das wirst du mir büßen«, schrie sie und richtete das Messer auf sie.

»Ach, das?« sagte ihre Mutter und schaute sie völlig ruhig an.

Eine Weile sagte keine von beiden etwas, dann ließ Regina das Messer langsam sinken.

»Wie konntest du mir das antun! Einen Mann zu kaufen!«

»Ich wollte dir nur zeigen, daß du begehrenswert bist. Ich dachte, der Nächste kommt von alleine!«

Jetzt stürzten die Tränen haltlos, und ihre Mutter reichte ihr ein weißes, duftendes Taschentuch. Regina ließ sich auf den Küchenstuhl fallen.

»Es tut so weh! So scheußlich weh! Ich hätte dich umbringen sollen, das hättest du wahrlich verdient!«

»Man bringt keine Mutter um. Schon gar nicht wegen eines Mannes!«

»Da bringt man schon besser den Mann um. Schließlich hat er das Geld ja genommen!« fügte Regina leise hinzu und schneuzte sich kräftig.

Ihre Mutter zog sich einen Stuhl heran. »Du solltest nur auf den Geschmack kommen, das war alles. Wirklich alles!«

»Auf den Geschmack«, wiederholte Regina leise und stierte vor sich hin. »Ja, auf den Geschmack bin ich gekommen.«

Ihre Mutter lachte befreit.

»Man sieht es dir auch an. Seit Wochen hast du dieses gewisse Etwas im Blick, Regina, ich sage dir, jetzt bekommst du jeden! Ab heute kannst du dir den Besten aussuchen!«

Es funktionierte, ihre Mutter hatte recht gehabt. Sie saß auf der Parkbank und schaute sich die Männer an. Und es dauerte nie lange, da saß einer neben ihr. Die meisten glotzten ihr gleich auf den Busen, andere erzählten ihr sonst einen Schmus. Aber sie nahmen sie alle mit. Und sie wollten von ihr alle das eine. Und Regina auch, denn sie war auf den Geschmack gekommen.

Väter

Väter sind immer die Größten, auch wenn sie überhaupt nicht da sind. Sie wissen alles, meist Dinge, die man so auf die Schnelle nicht nachprüfen kann oder die auch keinen interessieren. Sie waren im Sport meist die Asse und in Religion schlecht, weil nur Frauen an den lieben Gott glauben. Väter sind unersetzlich und haben doch keine Skrupel davor, sich flugs ersetzen zu lassen, wenn sie eine jüngere Braut kennenlernen. Väter können unglaublich sentimental sein, wenn der alte Jagdhund die letzte Spritze bekommt, aber skrupellos, wenn sie die Frau ohne Unterhalt sitzenlassen. Und vor allem schaffen sich Väter nur deshalb Kinder an, um sich endlich mal das Spielzeug kaufen zu können, das sie schon immer haben wollten. Gameboy und Rennbahn, Videospiele und Eisenbahn – schön, wenn der Papi spielend unter dem Weihnachtsbaum liegt, während Sohnemann in der Jubiläumsausgabe von »Playboy« liest. Väter sind entweder liebevolle Kameraden, die man nie ernst nimmt, oder Respektspersonen, die man nicht leiden kann. Entweder eifert man ihnen in allem unglaublich nach, oder man schlägt unnachgiebig den entgegengesetzten Weg ein. Sicher ist nur eines: Ein Vater beschäftigt einen ein ganzes Leben lang. Ob man ihn bekämpft oder ihm nacheifert, er ist eine zentrale Figur, mit der man sich zeitlebens identifiziert, selbst wenn sich plötzlich herausstellen sollte, daß es gar nicht der leibliche Vater ist.

ZÄRTLICHKEIT ... ZÄRT... ÄH – WAS?

Phantastisch! Eine Hand, die meine Sprache versteht!
Die die Wirbel genüßlich hinauf- und hinunterkrault,
die meine Schulterblätter zärtlich umkreist, unter dem
rechten Ohr verharrt, sich langsam zum Wirbel Nr. 7
zurücktastet. O Wonne, o Glück, o Wohlbehagen! Ein
lustvoller Seufzer soll ihm zeigen, daß diese Hand die
richtige ist! Die lang erwartete, sehnsüchtig erhoffte.
Die Hand mißversteht. Ihr zugehöriges Ohr deutet
den Seufzer als Signal. Die Hormone trompeten:
Angriff!

Die Schwellkörper feixen: Das war doch nur das
Vorspiel! Wie, sage ich, Vorspiel?? Für mich ist das ein
eigenes Spiel, etwas ganz Selbständiges. Ich nenne das
Zärtlichkeit. Einfach Zärtlichkeit. Sonst nichts! Sonst
nichts? sagt der Mund zur Hand, und die Hand zieht
sich zurück. Was soll das heißen: Sonst nichts? fragen

die Schwellkörper irritiert. War das etwa alles? Die Hypophyse schießt eine Salve Hormone nach, und das Frontalhirn befiehlt der Hand: Los, probier's noch mal! Die Hand landet überraschend einen Treffer, ich springe von der Couch, der zugehörige Mund sagt: Frauen sind blöd!

Blöd, daß wir blöd sind. Blöd, daß wir differenzieren. Blöd, daß wir unterscheiden können zwischen Zärtlichkeit und Vorspiel. Blöd, daß wir auch die reine Zärtlichkeit genießen wollen.

Blöd, daß Männer Zärtlichkeit und Vorspiel verwechseln. Blöd, daß den meisten Männern Zärtlichkeit ohne Nachspiel nichts bringt. Blöd, daß es Männern immer was bringen muß.

Bloß – was bringt es uns?

Sex und Zärtlichkeit. Für Frauen leicht zu vereinbaren, aber auch unabhängig voneinander zu erleben. Und zu genießen.

Aber da Männer dies zu trennen selten in der Lage sind, suchen sich Frauen die Zärtlichkeit pur eben woanders. Bei impotenten Männern. Bei katholischen Priestern, bei der besten Freundin. Bei der schmusigen Perserkatze, beim schnaubenden Rappen, bei ihren Kindern. Die kleinen Jungs bekommen von ihren Müttern so viel Zärtlichkeit ab, bis sie es nicht mehr aushalten können. So früh wie möglich ziehen sie den

Vorhang zwischen sich und die kindlichen Kuschel-
stunden und wollen: Sex.

Und suchen. Von einer zur anderen. Immer weiter. Ja, was suchen sie eigentlich? Die Zärtlichkeit der
Geliebten? Das Verständnis der Frau? Die Fürsorge
der Mutter? Quatsch: Sex. Und immer wieder die
Bestätigung, daß Mutti recht hatte, wenn sie sagte,
daß er den schönsten Strullermann in Deutschland,
was sage ich, weltweit, global, interplanetar und final,
besäße.

Und wir? Was suchen wir? Den schönsten Strullermann unserer Hemisphäre? Klar doch. Aber auch mit
ein bißchen Kerl drumherum. Und zwar mit einem,
der kapiert hat, daß sein liebstes, sein angebetetes
Stück bei Zärtlichkeit pur nicht gefragt ist. Und, glauben Sie mir, solche Kerle gibt's tatsächlich. Irgendwo.

Männerfreundschaft

Die Freundin fürs Leben, den Freund für den Sport. Seltsam eigentlich. In meinem großen Bekannten- und Freundeskreis hat fast jede Frau eine Freundin fürs Leben, aber kaum einer der Männer hat einen echten Freund. Einen, dem man seine Gedanken, seine Gefühle, seine Wünsche und Sehnsüchte anvertraut, mit dem man Nächte durchquatscht, von dem man weiß, daß er einen wortlos versteht, der die Höhen und Tiefen, die Stärken und Schwächen kennt. Frage ich Männer, scheinen sich diese Freundschaften nach Erfolg, Örtlichkeit und Sportart aufzuteilen. Mit Hubert gehe ich sporteln. Seit ich zum Abteilungsleiter aufgestiegen bin, gehe ich mit Heinz öfter mal ein Bier trinken. Und Robert habe ich nach meinem Umzug von Bonn nach Berlin ganz aus den Augen verloren. Zweckgebundene Freundschaften? Traurig. Mit einer, der ich nichts zu sagen habe, möchte ich weder ein Bier trinken noch durchs Gras joggen. Umgekehrt wollen Männer sich vielleicht nicht hinter ihre Fassade blicken lassen. Wer sich nicht öffnet, wird nicht verwundbar, bleibt stark, zumindest nach außen hin. Manchmal ist es doch ganz schön, zu den Schwachen zu gehören.

EIN TRAUM AUF VIER RÄDERN

Es war nicht nur ein Mercedes-Cabrio, das sich Markus zu seinem vierzigsten Geburtstag geschenkt hatte, es war ein SLK vom Allerfeinsten. Außen schwarzmetallic, unter der Haube ein Sechszylindermotor mit 218 PS und das Ganze auf 17-Zoll-Reifen, veredelt mit BBS-Leichtmetallfelgen. Innen helles Leder und ein abartiges Soundsystem mit acht Lautsprechern der Extraklasse.

Als er ihn abholte, fühlte er sich wie im Liebesrausch. Er war verliebt, tatsächlich, und er gab es auch seiner Frau gegenüber unumwunden zu. Eine neue Liebe war prickelnd, aufregend, geheimnisvoll. Genauso empfand er seinen neuen Wagen. Und außerdem war er schön. Unvorstellbar schön. Er schlich ständig um ihn herum, und weil er befürchtete, in seiner Familie deswegen zum Gespött zu werden, fuhr er ihn in den ersten Tagen aus der Stadt hinaus auf abgeschiedene Waldparkplätze. Dort konnte er seinen Gelüsten frönen, sein neues Auto still verehren, sich auf die von Besitzerstolz geschwellte Brust schlagen, ehrfürchtig um den Wagen herumgehen und mit der Hand ganz leicht über den nagelneuen glatten Lack streicheln.

Es war Anfang Mai, die Natur explodierte und Markus auch: Sein Tatendrang war gewaltig, und sieben Tage nach seinem Geburtstag schlug er seiner Frau Eli vor, nach Italien zu fahren. Er stellte sich schmale, kurvenreiche Straßen, Piazze voller hübscher Frauen und kleine italienische Restaurants vor. Und dies alles offen in seinem neuen Cabrio.

Eli fand die Idee toll, äußerte aber Bedenken wegen eines möglichen Diebstahls und wegen ihres Kontos. Ein teurer Wagen und dazu noch ein teurer Urlaub erschienen ihr zu üppig. Markus überlegte, dann fielen ihm Freunde aus vergangenen Tagen ein, die inzwischen in Verona lebten. Verona war ideal. Nicht zu weit, nicht zu nah, ein richtiger Ausflug eben. Und er konnte seinem alten Schulfreund Klaus, der immer der Bessere war, zeigen, daß auch er es zu etwas gebracht hatte.

Markus recherchierte und fand die Adresse heraus. Eli merkte zwar an, daß es möglicherweise etwas merkwürdig sei, sich bei Leuten einzuladen, bei denen man sich über die Jahre hinweg nie gemeldet habe, aber Markus winkte ab. Männer haben mit so etwas untereinander kein Problem. Soll das heißen, wir Frauen schon, wollte sie mit drohendem Unterton wissen, aber Markus ließ sich auf keine Diskussion ein. Dieses Eisen war ihm zu heiß, er wollte ohne Streit in den Urlaub fahren.

Kurze Zeit später war es soweit. Markus hatte sich drei Tage freigenommen, so konnten sie Mittwoch morgen in aller Frühe in Stuttgart starten. Die Tage zuvor hatte Markus ständig auf der Lauer gelegen. Jeden Wetterdienst hörte er an, im Internet ließ er sich laufend die Prognosen ausdrucken, und die Privatnummer von Klaus hatte er für alle Fälle auch schon herausgesucht.

Sie hatten Glück. Ein strahlender Tag kündigte sich an. Von der ersten Stunde an fuhren sie offen.

»Das Wetter spielt mit«, bemerkte Markus zufrieden, und Eli bestätigte: »Wir haben es auch nicht anders verdient!«

Sie kamen am Nachmittag in Verona an. Klaus hatte Markus per Fax den Weg beschrieben, und Eli las vor, während sich Markus von Straße zu Straße vorarbeitete. Sie hatten beide glänzende Laune, die Fahrt war schön gewesen, der Wagen hielt, was sich Markus erträumt hatte, sie hatten unterwegs gut zu Mittag gegessen und freuten sich nun auf die gemeinsamen Tage.

»Donnerwetter«, sagte Markus, denn die Gegend wurde immer vornehmer, das waren schon keine Häuser mehr, sondern Villen.

Er warf Eli einen Blick zu: »Das hätte ich dem Klaus überhaupt nicht zugetraut!«

»Fehlt nur, daß er auch noch einen neuen SLK vor der Tür stehen hat«, sagte sie leise, aber Markus tat, als hätte er das nicht gehört.

Trotzdem, so richtig toll fand Markus es nun auch nicht mehr, daß Klaus ihm vorführen konnte, was er alles erreicht hatte – und das auch noch auf sein eigenes Bestreben hin.

»Sei doch froh«, Eli legte ihre Hand auf sein Knie. »Stell dir vor, sie hätten uns in einer alten Mietswohnung in der Abstellkammer neben der Toilette einquartiert! So bekommen wir sicherlich ein ordentliches Gästezimmer.«

Er sagte zunächst nichts, dann kam etwas bemüht: »Ich gönn's ihm ja. Uns geht's ja schließlich auch nicht schlecht.«

Sie fuhren noch eine Ecke weiter, und Markus hängte noch an: »Und schließlich sind wir ja noch nicht da.«

»Ich bin auf seine Frau gespannt«, lenkte Eli ab.

»Sei doch erst mal auf ihn gespannt«, meinte Markus. »Du kennst ihn doch gar nicht!«

»Richtig«, sagte sie. »Nur von alten Fotos!«

»Hoffentlich erkenne ich ihn überhaupt noch.« Markus rechnete. »Es sind immerhin fast zwanzig Jahre.« Er überlegte. »Und er neigte damals schon zur Glatzenbildung!«

»Schätzchen ...« Eli warf ihm einen schiefen Blick zu. »Auf den Bildern hatte er volles schwarzes Haar. Kurz geschnitten, im Gegensatz zu euch anderen, aber sicherlich keinen Ansatz zur Glatze!«

»Die Fotos täuschen!« Markus verzog die Mundwinkel. »Fotos täuschen immer, das weiß man doch!«

»Okay!« lenkte Eli ein. »Wir werden es ja sehen!«

»Wo ist denn bloß diese verdammte Straße!« Markus hielt neben einem verrosteten Straßenschild, das zudem fast zugewachsen war. »Kannst du das entziffern? Rua via di ... di ...«

Eli lehnte sich aus dem Wagen und versuchte, ihm zu helfen. »Fi..., irgendwas mit Fi... Aber halt doch mal! Wenn du ständig weiterrollst, krieg' ich das nicht hin!«

»Nummer 23 ist es. Die suchen wir jetzt einfach und lesen das Namensschild, du wirst schon sehen, gleich haben wir es!«

Sie fuhren die Straße entlang, die uralt und somit schlecht befahrbar war, und hielten nach der Nummer 23 Ausschau. Rechts und links standen romantische Häuser, viele von ihnen von Mauern aus unbehauenen Steinen umgeben. Es wuchs und gedieh und hangelte sich an den Steinen hinauf, was irgendwie grün und den Drang zum Leben und zum Licht hatte.

»Ist es nicht wunderschön«, hauchte Eli, aber das ging im Motorengeräusch unter, und außerdem fand Markus das nicht schön, sondern es nervte ihn kolossal.

Endlich fanden sie ein altes Blechschild, eine alte Patriziervilla hatte an der Toreinfahrt eine 13 stehen.

»Ist halt Italien«, sagte Markus und begann, die Häuser von der Nummer 13 an mitzuzählen.

»Und dein Freund scheint sich schon gut akklimatisiert zu haben, wenn er tatsächlich in dieser Straße wohnt!«

Vor der abgezählten 23 stieg er aus. Es war ein großes weißes Haus aus Glas und Stahl, erstaunlich modern in dieser Umgebung.

»Das ist es nicht, brauchst gar nicht auszusteigen!« Markus schüttelte entschieden den Kopf. »Viel zu modern. Und schau dir das mal an – da bist du doch mit vier Millionen dabei!«

»Wer weiß schon?!« Eli stieg aus dem Wagen und ging an die Klingel.

»K. und K. Mayer«, las sie vor und drehte sich nach Markus um. »Er heißt doch Klaus Mayer und seine Frau Karin. Das sind sie!«

»Mayers gibt's wie Sand am Meer«, wehrte Markus ab. »Könnte genausogut Beyer oder Müller oder Chevallerie heißen!«

»Er heißt aber Mayer!«

Markus warf einen ungnädigen Blick auf das Haus. Das war ja schon unverschämt. Da reisten sie hier an, nur um einen solchen Prachtbau bewundern zu müssen. Wären sie besser in den Bayerischen Wald oder in die Zillertaler Alpen oder nach Stein ins Allgäu gefahren, dort kannte er einen netten Gasthof mit einem netten Wirt, hätte man wenigstens ordentlich was trinken können. Auf seinen neuen Wagen, voller Inbrunst. Dessen war er sich jetzt hier nicht mehr sicher.

»Was ist denn jetzt?« wollte Eli wissen. Sie stand unentschlossen vor dem großen Tor, den Zeigefinger auf Habachtstellung vor dem Klingelknopf.

»Nun, gut!« Er folgte ihr.

»Sollen wir den Wagen nicht besser gleich abschließen?« fragte Eli, die Italienern, wenn es um Autos und Rechnungen ging, keineswegs traute.

»Siehst du eine Menschenseele?« Markus schaute

die Straße betont aufmerksam hinauf und hinunter. »Wo soll denn da plötzlich ein Dieb herkommen?«

»Keine Ahnung, aber ich habe ein seltsames Gefühl!«

»Ahh!« Er stöhnte. »Verschon mich mit deinen Gefühlen, wenigstens das eine Mal!«

»Nun, gut!« Sie klingelte. »Ist ja schließlich dein Auto!«

Kurz danach stand Klaus vor ihr. Sie hätte ihn sofort erkannt. Er hatte leichte Silberfäden in seinen Haaren, aber ansonsten sah er genauso aus wie auf dem Foto. Männlichere Gesichtszüge, aber noch keinen Bauchansatz. Ein gutaussehender Mann, ganz ohne Frage.

»Schön, daß ihr da seid!« Er schüttelte Eli die Hand. »Karin ist schon ganz gespannt auf … Darf ich du sagen? Sonst wird's so kompliziert!«

Eli stimmte sofort zu, denn sie fand ihn auf Anhieb sehr sympathisch. Markus umarmte er kurzerhand und half ihm dann das Gepäck hineintragen. Eli ging hinterher und fragte sich, wie es Klaus zu so viel Geld bringen konnte. Mit normaler Arbeit war so etwas nicht möglich, zumindest nicht in Deutschland. Hoffentlich hatte er geerbt, das würde Klaus nicht so sehr belasten, als wenn er es aus eigener Kraft geschafft hätte. Sie wußte, daß Klaus mit erfolgreicheren Männern Probleme hatte, von Frauen ganz zu schweigen.

Eine schlanke Frau kam ihnen auf der breiten Steintreppe, die zum Haus führte, entgegen. Sie trug ein knöchellanges, anliegendes Sommerkleid, und ihre schulterlangen schwarzen Haare flogen bei jedem ihrer Schritte rhythmisch mit.

Sie lachte ihnen herzlich entgegen, und auch Eli lächelte, aber selbst auf diese Entfernung sah sie, daß Karin eine römische Schönheit war. Sie kam sich sofort plump teutonisch vor, hatte aber nicht die Absicht, sich das anmerken zu lassen.

»Schön, daß ihr da seid!« Karin sprach akzentfrei deutsch, und Eli wunderte sich darüber.

Sie begrüßten sich per Händedruck, und jetzt, auf die Nähe, sah Eli, daß sie alle etwa gleichaltrig waren. Jünger als fünfunddreißig war sie sicherlich auch nicht.

»Kommt doch erst einmal herein, ich habe euch eine kleine Erfrischung vorbereitet!«

Das Haus war ein Traum. Es war wie im Film. Oder vielleicht kam es daher, daß Eli so etwas nur aus Filmen kannte. Ein einziger Raum, lichtdurchflutet, öffnete sich zu der einen Seite, zu einer großen Terrasse und einem angelegten Garten hin. Riesige moderne Gemälde an den hohen, weißen Wänden und Marmorböden, wohin das Auge auch schaute. Der Raum teilte sich in verschiedene Ebenen, auf der einen war eine offene Küche, auf einer etwas tieferen stand ein langer Tisch mit hohen Stühlen, noch tiefer standen weiße Sitzgruppen an einem offenen Kamin. Auf der Terrasse war ein Tisch gedeckt worden, auf dem weißen Tischtuch standen kleine Platten mit Antipasti und mehrere hohe Gläser.

»Ich bin beeindruckt«, sagte Eli, und sie war es wirklich.

»Hast du geerbt?« fragte Markus direkt.

Eli war die Frage peinlich, aber sie konnte es auch verstehen. Es war einfach so viele Klassen über dem, was sie kannte und sich vorstellen konnte, daß sie es auch interessierte.

Klaus schien es nicht weiter zu stören, er lachte. »Karin ist erfolgreich, das ist alles!«

Markus warf Eli einen Blick zu, den sie interpretierte als: Da siehst du's, warum kannst du das nicht? Es hätte aber auch heißen können: Von einer Frau würde ich mir nie was schenken lassen! Sie wollte ihn später danach fragen.

»So? Was machst du denn so Erfolgreiches?« Es hatte etwas Abschätziges, wie Markus fragte. So, als könnten Frauen nur per Zufall oder durch ihre Schönheit Geld verdienen. »Ich tippe mal Modebranche? Exmodel?«

Sie ging mit einem charmanten Auflachen über die verletzende Herausforderung hinweg.

»Vielen Dank«, sagte sie. »Zum Model habe ich es nie gebracht, nein, ich bin Chemikerin. Ich arbeite für die Pharmazie, habe ein bißchen was auf dem Sektor der Biochemie entdeckt, wir halten darauf das Patent, produzieren in der Zwischenzeit selbst. Klaus ist übrigens der Geschäftsführer unserer Firma.«

Klaus grinste und zeigte auf den Tisch: »Wollen wir uns nicht setzen?«

»Chemie?« Markus schaute ihn mit großen Augen an. »He, Junge, Chemie war dir doch immer ein böhmisches Dorf! Wer hat dir denn ständig deine Arbeiten geschrieben? Ich doch, oder?«

»Na, siehst du!« Klaus entkorkte eine Flasche Prosecco. »Und jetzt tut das Karin. Karin ist das As, ich bin nur der Zahlendreher!«

Eli setzte sich und sagte gar nichts mehr. Das war schon gewaltig. Eine Frau, die aus eigener Kraft so viel Geld machte. Sie hatte nach ihrem Abitur auch tolle Ideen, sich dann aber in einen Job geflüchtet, in dem sie irgendwie behütet war. Eine überschaubare Nische, nichts Aufregendes, etwas, das sie überblicken und bewältigen konnte. Ein Beruf, der ihr ihr dreizehntes Monatsgehalt einbrachte, der ihr zu ihrem jährlichen Urlaub auf den Malediven verhalf und im Winter zu einigen Wochenenden in ihrer Stammpension am Arlberg. Das war ihr Rahmen, das genügte ihr, nie wäre sie im Lauf der vergangenen Jahre auf die Idee gekommen, diesen Rahmen zu sprengen. Und da stand eine Frau, schön außerdem, die einfach etwas gewagt – und gewonnen hatte.

Sie schaute zu Markus, der trank gerade sein erstes Glas im Stehen. Es würde an ihm nagen, das wußte sie schon jetzt. Er hatte es in dem großen Elektrofachgeschäft, in dem er arbeitete, zum Abteilungsleiter gebracht und spekulierte auf einen weiteren Aufstieg, aber er war vierzig, und mit vierzig mußte man seinen Weg entweder bereits gegangen sein oder die Weichen exakt gestellt haben.

Eli betrachtete ihn, und er tat ihr leid. Gegen seinen Schulkameraden hatte er keine Chance, das war wohl wie früher. Markus arbeitete redlich und geradeaus und mühte sich für sein bißchen Erfolg ab, und Klaus nahm, was kam, und zog an ihm vorbei. Hoffentlich verlor er dadurch nicht die Freude an seinem neuen Auto.

»Einen tollen SLK hast du da mitgebracht«, sagte Klaus und hob das Glas. »Neu?«

»Nagelneu«, bestätigte Markus, und die Farbe kehrte in sein Gesicht zurück.

»PS?«

»218. Sechszylinder!«

»Wow!«

Markus und Klaus setzten sich zu Eli, und Karin zeigte auf die Platten. »Bitte bedient euch, es ist genügend da!«

Klaus schenkte die Gläser nach. »Vielleicht können wir ja nachher mal eine kleine Spritztour machen, so ganz unter Männern?« Er warf Eli einen fragenden Blick zu.

»Natürlich, gern!«

Eli freute sich darüber. Das würde Markus wieder aufbauen, und sie könnte Karin in der Zwischenzeit ein bißchen ausfragen. Eine Frau und Chemie. Es kam ihr tatsächlich verrückt vor, denn sie haßte Chemie. Und Physik. Trotzdem fand sie es gut, wenn sich Frauen so erfolgreich in diesen Domänen schlugen.

Sie unterhielten sich prächtig, Markus und Klaus erzählten von alten Zeiten, und auch der Alkohol trug dazu bei, daß sie immer ausgelassener und fröhlicher wurden.

»Habt ihr bei so vielen Wertgegenständen«, Eli wies zum Haus hin, »eigentlich keine Angst vor Dieben? Man hört doch immer so viel!«

Karin lachte. »Ich glaube eigentlich, daß in Deutschland nicht weniger eingebrochen und gestohlen wird als hier. Wir hatten noch keine Probleme! Und wenn«, sie zuckte mit den Achseln, »dann sind wir versichert!«

»Auch nicht mit Autos?« wollte Markus, hellhörig geworden, wissen.

»Uns ist noch keines geklaut worden.« Karin blinzelte ihm zu. »Möglicherweise haben wir auch nicht ihre Marke, vielleicht hatten wir bisher auch einfach Glück!«

»Ich trau' den Italienern nicht«, sagte Markus und zog die Schultern zusammen.

»Ich bin auch Italienerin«, Karin lächelte. »Und ich habe in meinem ganzen Leben noch niemanden betrogen!«

»Markus!« warnte Eli.

»Wollen wir jetzt mal ums Dorf fahren?« Klaus schaute Markus fragend an. »Kannst du noch?«

»Wenn der Wagen noch da ist, ja«, antwortete Markus und grinste schief.

Eli hätte ihm am liebsten unter dem Tisch eins vors Schienbein getreten, aber sie nahm sich vor, sich zumindest bei Karin für ihn zu entschuldigen. Manchmal war er eben schon ein ungehobelter Klotz. Es mußte tatsächlich etwas mit Liebe zu tun haben, daß sie noch immer bei ihm war.

Die Männer erhoben sich, und Karin lächelte Eli zu. »Wir machen es uns jetzt richtig gemütlich. Ich habe einen leckeren Weißwein kalt stehen und noch einige Antipasti aus der Geheimschatulle meines Fischhändlers!«

»Tut das«, Klaus gab ihr einen Kuß. »Und wir werden bei Luigi einen auf den neuen Wagen trinken. Und auf unsere Frauen!«

Eli betrachtete ihn. Er trug ein einfaches Poloshirt zu einer Jeans, trotzdem verströmte er Stil und Lebensart. Ob es an den Ländern lag? Prägte Deutschland die Deutschen? Und wurde ein Deutscher im Ausland anders?

Sie hatte noch keine Antwort auf diese Fragen gefunden, da waren Klaus und Markus wieder da.

»Ruf die Polizei an, Karin«, sagte Klaus mit schmerzlich verzerrtem Gesichtsausdruck. »Der Wagen ist weg!«

»Das ist doch …«, Eli sprang auf.

Markus sagte überhaupt nichts. Er war kalkweiß im Gesicht, und Eli befürchtete, er würde umkippen. Aber dann schoß seine Farbe in Purpurrot zurück, und er wirkte wie kurz vorm Explodieren.

»Hab' ich's nicht gesagt?« schrie er. »Scheiß Italiener. Pack, elendes!«

»Ich bitte dich!« Eli nahm ihn an beiden Oberarmen. »Bitte nimm dich zusammen. Es ist nur ein Auto …«

»Was heißt denn da, es ist nur ein Auto? Es ist mein Auto! Mein sauer verdientes, wunderschönes, vermaledeites Auto! Wer gibt mir das jetzt zurück?« Er war völlig außer sich. »Los, Klaus, wir müssen es suchen!«

Klaus hob beide Arme. »Suchen? Ja, wo denn? Hatte der Wagen denn keine Alarmanlage?«

»Natürlich hatte er die. Weiß der Teufel, wie sie das gemacht haben! Aber das ist ja auch egal, er ist weg. Nagelneu! Es ist zum Kotzen!«

So sah er auch aus. Eli wollte ihm einen Stuhl bringen, aber er starrte nur Karin entgegen, die mit dem Telefon am Ohr aus dem Haus kam.

»Was sagen die? Ist er gefunden?«

»Wir sollen vorbeikommen. Personalausweis, Führerschein und Fahrzeugpapiere mitbringen!«

»Papiere, Papiere. Das ist ja nicht besser als in Deutschland! Gibt's hier keine Mafia, die man auf so was ansetzen könnte?«

»Wie?« Klaus mußte lachen. »Um den Wagen zurückzubringen?«

Markus stöhnte aus vollem Herzen und ließ sich auf den nächsten Stuhl sinken.

»Was würdest du denn tun, wenn dein Kind entführt würde?« Die Frage hatte sich Eli plötzlich aufgedrängt.

Irgendwie kam ihr seine Reaktion übertrieben vor. Der Wagen war versichert, es war passiert, es war ärgerlich, aber kein Schicksalsschlag.

»Kind? Wir haben kein Kind. Was redest du da überhaupt für einen Blödsinn!« Er schaute sie schief an, dann sprang er wieder auf. »Also, dann los zur Polizei. Worauf wartet ihr noch?«

Eine halbe Stunde später saßen sie einem Carabinieri gegenüber, der im Einfingersystem langsam tippte, was Karin ihm in flottem Italienisch diktierte.

»Was ist!« unterbrach sie Markus. »Hat er den Wagen?« Und zu dem Beamten sagte er, mit beiden Händen gestikulierend: »Ein SLK, brandneu. Schwarzmetallic. Breite Reifen, ein Kracher. Der muß doch auffallen. Der kann doch nicht so einfach verschwinden!«

»Mein Herr!« Der Polizist schaute auf, legte seine rechte Hand auf einen Stoß Papiere vor sich und ließ dann die obere Ecke Blatt für Blatt zwischen Daumen und Zeigefinger durchrauschen. »Jaguar, Mercedes, BMW, ein Jaguar, ein Porsche, ein Audi, ein BMW«, sagte er in bestem Deutsch. »Alles heute. Und hier ein Ferrari. Ein guter Tag für die Diebe. Muß am Wetter liegen. Ein schlechter Tag für uns. Und für Sie!«

Er senkte seinen Blick wieder und tippte langsam weiter.

Karin hatte den für den Abend bestellten Tisch in einem Restaurant abgesagt. Hunger hatte keiner mehr. Markus wäre am liebsten sofort wieder abgereist. Einzig der Gedanke an ein Wunder hielt ihn noch in der Villa. Klaus versuchte alles, um ihn aufzuheitern. Als er merkte, daß nur harter Alkohol helfen konnte, griff er zur Whiskyflasche. Irgendwann war sie leer und die beiden Männer voll.

Eli hatte sich mit Karin vor den Kamin gesetzt. Eli fand, daß Karin durch und durch eine bemerkenswerte Frau war, und wollte alles von ihr wissen. Sie war älter als Klaus, dreiundvierzig Jahre alt, hatte ihren zweifachen Doktor und lehrte neben ihrer Arbeit im firmeneigenen Labor an der Uni. Eli war fasziniert und bat, sie einmal begleiten zu dürfen. Vielleicht hätte sie sich nach ihrem Abitur doch zu ihrem Lieblingsberuf aufschwingen sollen.

Was das denn gewesen sei, wollte Karin wissen. Pilotin. Sie war gut in Mathe, wenn sie auch in Physik ihre Schwächen hatte. Und sie trieb sich als Teenager ständig auf Flugplätzen herum.

Aber selbst den Wunsch, Segelfliegen zu lernen, hatten ihre Eltern ausgeschlagen. Das sei etwas für Jungs. Und auch ihre Berufswahl wurde stets verweiblicht. Pilotin kam überhaupt nicht in Frage, allenfalls Stewardeß. Ärztin war ebenfalls undenkbar, Arzthelferin oder Krankenschwester schien angemessen. So wurde sie Sekretärin im Betrieb ihres Onkels.

»Und?« fragte Karin. »Keine Aufstiegschancen, wenn es doch dein Onkel ist?«

»Ich habe mich nie darum gekümmert!«

»Wie lange arbeitest du schon dort?«

»Seit ich aus der Schule bin.«

»Du kennst den Betrieb also …«

»In- und auswendig!«

»Hat dein Onkel Kinder?«

»Nein!«

»Na also!«

»Wie?« Eli schaute sie fragend an, bekam aber keine Antwort.

Sie schauten sich in die Augen, bis Eli nach ihrem Glas griff.

»Probieren!« sagte Karin und stieß mit ihr an. »Man muß nur wollen!«

»Ja!«

Eli machte es nichts mehr aus, daß der SLK geklaut worden war. Nie hätte sie sonst auf diese Art mit Karin sprechen können. Als sie in dieser Nacht ins Bett ging, lästerte Markus an ihrer Seite noch gut eine halbe Stunde über die beschissenen Italiener, aber sie lächelte vor sich hin. Sie würde mit ihrem Onkel demnächst ein Gespräch führen. Es stimmte. Er wurde sechzig und hatte keine Nachfolger. Sie war keine vierzig und kannte den Betrieb. Sie würde den Laden führen können, und was ihr noch fehlte, konnte sie sich aneignen. Sie schlief mit einer Mischung aus Vorfreude und Nervenkribbeln ein.

Klaus raste am frühen Morgen ohne anzuklopfen in ihr Schlafzimmer. Eli schoß hoch, Markus brachte kaum ein Auge auf.

»Euer Auto ist wieder da! Nicht zu fassen! Es steht genau so vor der Tür, wie ihr es gestern verlassen habt!«

Eli brauchte eine Sekunde, um zu erfassen, wo sie war und worum es ging, dann rüttelte sie Markus.

»Hast du gehört? Dein geliebter SLK ist wieder da!«

Sie sprang aus dem Bett. Der Wagen sollte wieder da sein? Sie konnte es nicht glauben. Er war doch gestern ganz offensichtlich gestohlen worden? Welcher Dieb machte denn so was?!

Sie wartete nicht auf Markus, sondern ging gleich, verknittert und im Schlafanzug, wie sie war, hinter Klaus her. Tatsächlich, an der Straße stand ihr Wagen. Völlig unbeschädigt, exakt geparkt, mit offenem Verdeck. Sie hörte Markus hinter sich die Steintreppe herunterkommen. Das Patschen seiner nackten Fußsohlen erinnerte sie an einen Bären, und als sie sich nach ihm

umsah, beschloß sie, ihm demnächst einen ansehn-
lichen Schlafanzug zu kaufen. Das alte T-Shirt und die
ausgeleierten Boxershorts waren wirklich unzumutbar.
Selbst für ein liebendes Frauenauge.

»Er ist wieder da«, jauchzte er, lief die restlichen
Treppenstufen hinunter und warf sich fasziniert quer
über den Verdeckkasten. »Wo warst du nur«, sang er.
»Was bin ich so glücklich!«

Eli ging zu ihm hin.

»Wenn du dich auch mal so freuen würdest, wenn
ich nach Hause komme«, sagte sie leise zu ihm, »das
wäre ...«

»Das verstehst du nicht!« unterbrach er sie mit
träumerischem Augenaufschlag. »Frauen haben keinen
Sinn für so was!«

»Ach so! Na, dann!« sagte sie und drehte sich um.

Auf dem Fahrersitz sah sie ein Kuvert liegen. Sie
nahm es heraus.

»Was ist denn das?«

»Vorsicht, eine Bombe!« schrie Markus, aber Klaus
lachte nur.

»Jetzt hör aber auf! Sie werden dir kaum dein Auto
zurückbringen, um dich dann damit in die Luft zu
sprengen. Das hätten sie ja wohl leichter haben können ...«

»Dann laß sehen!«

Markus richtete sich auf und hielt Eli die offene Hand hin. Eli gab ihm den Umschlag. Zwischenzeitlich war auch Karin dazugekommen. Sie hatte einen leichten Morgenmantel an und betrachtete die Szene mit leichter Zurückhaltung. Markus riß den Umschlag auf und zog einen Brief heraus.

»Kann ich nicht lesen!« sagte er ungeduldig und gab ihn Karin.

»Vielen Dank«, übersetzte sie fließend, »für diese wunderschöne Fahrt. Ein tolles Auto, dieser SLK, das müssen auch wir als italienische Patrioten zugeben. Um uns für die tausend gefahrenen Kilometer erkenntlich zu zeigen, haben wir vier Premierenkarten für die Oper ›Aida‹ von Giuseppe Verdi beigelegt. Wir wünschen viel Spaß und weiterhin gute Fahrt mit Ihrem Traumauto!«

Es war kurz still.

»Das steht wirklich so da?« fragte dann Markus mißtrauisch.

Eli musterte ihn. Er sah grauenhaft aus, so unrasiert in diesen schrecklichen Klamotten und mit den Nachwirkungen seines Whiskyrausches im Gesicht.

Karin gab den Brief wortlos Klaus, während Eli Markus das Kuvert aus der Hand nahm.

»Na, klar«, sagte sie. »Da sind ja auch die Karten! Hat man da noch Töne?«

»Italienische Gangster sind eben Ehrenmänner«, tönte Klaus. »Al Capone läßt grüßen!«

»Nicht zu fassen!«

Markus konnte sich von seinem Wagen nicht so schnell trennen, aber Karin und Eli gingen hinauf, um einen Kaffee aufzusetzen.

»Ich brauche morgens erst einmal einen Espresso, sonst lebe ich nicht«, erklärte Karin.

Eli stellte sich neben sie. »Hast du so etwas schon einmal gehört? Die klauen ein Auto und bedanken sich mit Opernkarten dafür! Ist das in Italien normal?«

Karin nahm vier Tassen aus dem Schrank. »Normal, normal«, sagte sie. »Hier ist alles möglich. Alles Gute und alles Schlechte. Manches ist offensichtlich, bei manch anderem weiß man nicht, was dahintersteckt. Mal so, mal so. Wie überall!«

Eli half ihr den Frühstückstisch zu decken. »Ich bin, ehrlich gesagt, völlig überrascht. Ich könnte mir in Deutschland so etwas nicht vorstellen. Auto zurückbringen? Mit so teuren Karten? Dann kann man sich ja gleich eines leihen!«

Karin antwortete nicht.

»Oder ist es der Reiz? Schließlich ist es ja auch gefährlich. Man könnte ja auch beim Zurückbringen erwischt werden!«

»Wer weiß?«

»Immerhin finde ich es gigantisch! Gehen wir gemeinsam in die Oper?«

»Wenn ihr wollt!«

Eli nickte heftig. »Das wäre wunderbar!«

Markus ging zwar generell lieber auf einen Fußballplatz als in eine Oper, aber der Coup war einfach zu gelungen, und er wollte mitspielen.

»Ein Match unter Männern«, sagte er zu Eli, als sie sich am Samstag für den Abend herrichteten. »Möglicherweise sitzen sie während der Aufführung neben uns, wir erkennen sie nur nicht!«

Für Eli war das nicht gerade die verlockendste Vorstellung, so beschloß sie, einfach nicht weiter darüber nachzudenken. Gott sei Dank hatte sie einen schwarzen Hosenanzug und Riemchensandalen eingepackt, das konnte als Abendgarderobe durchgehen. Markus bekam von Klaus einen Smoking geliehen, der spannte zwar etwas um den Bauch, paßte jedoch in der Länge, was wichtiger war.

So fuhren sie im Taxi zur Arena, wo »Aida« aufgeführt wurde. Es war herrliches Wetter, die Menschen tummelten sich festlich gekleidet auf dem Platz um das kolossale Freilufttheater.

Sie gingen hinein und fanden ihre Sitzplätze, die tatsächlich erstklassig waren. Sie saßen mitten im Geschehen, und Eli konnte es kaum glauben: Um sie herum priesen vor der Aufführung und in den Pausen Eis- und Getränkeverkäufer ihre Waren an und turnten durch die Reihen. Es war sehr warm, sehr voll und sehr laut.

Eli genoß mit jedem Atemzug die besondere Stimmung und die Aufführung. Markus hatte seine Jacke heimlich geöffnet, jetzt konnte er wieder durchatmen und fühlte sich besser. Neben Eli saß Karin und neben Markus Klaus. Sie erklärten leise das eine oder andere der Handlung, und als der Schlußapplaus tobte, fand Eli, daß es einer der schönsten Abende ihres Lebens war. Es war einfach unbeschreiblich. Sie beschloß, mehr aus ihrem Leben zu machen.

Klaus hatte in einem kleinen einheimischen Lokal reserviert. Karin verschwand gleich in der Küche und palaverte mit dem Koch. Es schmeckte vorzüglich. Der Koch legte sich besonders für sie ins Zeug, ließ servieren, was nicht auf der Karte stand, und berechnete zum Schluß einen Preis, den Markus, ohne mit der Wimper zu zucken, bezahlen konnte.

Auf der Heimfahrt kuschelte sich Eli an ihn. Es würde mal wieder eine himmlische Nacht geben, sie spürte es. Es war ihr nach Markus, und ihm war es nach Eli.

»Und wenn der Wagen jetzt wieder weg ist?« flüsterte sie ihm ins Ohr.

»Dann schauen wir, welche Überraschung morgen drin liegt«, gab er leise zur Antwort.

»Vielleicht Claudia Schiffer?«

»Du bist mir lieber!«

Sie küßten sich.

Markus, neben Eli sitzend, räusperte sich. »Sieht so aus, als ob wir uns heute einen Gute-Nacht-Trunk sparen könnten?«

»Sieht ganz danach aus«, bestätigte Eli mit einem süffisanten Unterton.

»Das freut mich für euch«, sagte Karin. »Und übrigens, Markus, dein Wagen ist noch da!«

Sie waren eben in die Straße eingebogen, und das Haus kam in Sicht. Markus schaute zwischen den Nackenlehnen der Vordersitze nach vorn.

»Stimmt! Welche Beruhigung! Ich werde mir eine fahrbare Garage anschaffen müssen!«

Alle lachten.

»Wieso brennt eigentlich Licht in eurem Haus?« wollte Markus dann wissen. »Als wir gegangen sind, war's doch noch hell? Oder habt ihr eine Zeitschalt-uhr?«

»Wie?« Karin hatte gerade in ihrem Geldbeutel nach den entsprechenden Scheinen für den Taxifahrer gesucht, schaute jetzt aber hoch. »Licht?«

»Tatsächlich! Das ist ja seltsam!«

Klaus stieg aus, die anderen hinterher. Das Tor zur Steintreppe war nur angelehnt. Mit seltsamem Gefühl gingen sie zu viert nach oben. Die große Glasschiebetür zur Terrasse hin stand offen, ein weißes Papier in Plakatgröße klebte am Fenster.

»Ich hoffe, Sie hatten einen schönen Abend bei ›Aida‹«, stand da weithin sichtbar in großen, schwarzen Lettern.

Die Villa war ausgeräumt.

Eitelkeiten

Eitelkeiten hat jeder, auch wenn er es nicht zugibt. Selbst die, oder gerade die, die sich betont uneitel geben, pflegen damit eine ausgewachsene Eitelkeit. Wer sich noch unattraktiver als unattraktiv macht, legt Wert darauf, der anerkanntermaßen Unattraktivste zu sein, reif für das Buch der Rekorde. Aber offen zur Schau getragene echte Eitelkeit kann auch grausam sein: der grüngezackte Plastikkamm in der Hosentasche, die nach jedem Bissen nachgeschminkten Lippen, der auf den Fahrer gerichtete Rückspiegel und die Notwendigkeit, jedem sagen zu müssen, daß man in seinem Beruf unglaublich erfolgreich ist. Richtig schwer haben's aber die Promis. Wenn sie nicht zur wirklichen Prominenz gehören, müssen sie ständig da sein, wo Kameras sind, um zur wirklichen Prominenz aufzusteigen. Ist man nach zäher Arbeit endlich im Rampenlicht der wirklichen Promis angekommen, ständig in allen Gazetten auf allen Partys zu bewundern, kommt so eine Unfigur daher und stiehlt einem die Show. Und jetzt stellt sich die Frage, ob man eitel genug ist, sich neben einen arbeitslosen Industriemechaniker zu stellen, dem man vor kurzem noch nicht einmal die Hand gegeben hätte. Echte Eitle tun's. Nachzusehen auf jedem Foto und jeder Fernsehaufnahme mit Zlatko Trpkovski.

DER LIEBESFLUG

Meine Frau war Schwäbin. Das war liebenswert, hatte aber einen Nachteil, sie paßte extrem auf mein Geld auf. Nicht daß das immer schlecht gewesen wäre, ich als Rheinländer neige zur Verschwendung, aber so manches Mal war es auch nervend. Oder peinlich, oder beides zusammen.

Für sie hatte es in unserer zehnjährigen Ehe den Vorteil, daß ich mir keine Freundin leisten konnte. Ich hätte nicht gewußt, wovon. Die Finanzen lagen bei meiner Frau. Ich hätte mir schon ein reiches Exemplar anlachen müssen, und dem hätte ich wahrscheinlich zuwenig zu bieten gehabt.

Nicht, daß ich kein Selbstbewußtsein hätte, aber ich neige doch eher zur realistischen Einschätzung, und die sagt, daß ein Mann jenseits der Fünfzig mit Bauchansatz und strengen Geheimratsecken bei jungen Mädchen eher die Spendierhosen anhaben muß als umgekehrt. Eine Reiche in meinem Alter würde sich, realistisch gesehen, auch eher einen attraktiven Jüngling nehmen. So kam ich, dank der Sparsamkeit meiner Frau, in dieser Hinsicht also nie zum Zuge.

Meine Frau kannte außerdem viele andere Schwaben. Und zwar weltweit. Wenn die anzureisen drohten und nach einem Quartier suchten, konnte ich immer auf unseren Hund verweisen. Der sabberte, schlief vorzugsweise im Gästebett und konnte manchmal, aus Altersgründen, sein Pipi nicht halten. Das schreckte alle ab, obwohl wir noch nie einen Hund besessen haben. Meine Frau ist Katzennärrin, aber zahnlose Katzen werden merkwürdigerweise als Bettgenosse eher akzeptiert.

Als es an unsere jährliche Urlaubsplanung ging, plädierte ich für die Nordsee. In diesem Urlaub lag außerdem unser zehnter Hochzeitstag. Ich stellte mir die Feier zu unserem Ehegelöbnis irgendwie romantisch umrauscht vor. Im Friesennerz draußen, umtost von der See, steifgefroren von einer kalten Brise. Das hätte zudem den Vorteil gehabt, daß ich selbst nicht mehr allzuviel beizutragen gehabt hätte.

Meine Frau bestand aber auf Malaysia. Ein Schulfreund von ihr, ein ständiger Bewunderer und sparsamer Schwabe, hatte ihr – und mir, weil es nicht anders ging – sein Haus angeboten. Ich war skeptisch, zumal ich kein tropischer Typ bin, ich werde gern rot statt braun und schäle mich innerhalb von drei Tagen wie eine Ringelnatter. Falls die sich schält.

Aber Jutta war begeistert, sagte ohne mein Zutun sofort zu und ließ sich davon auch nicht mehr abbringen. Der Urlaub war besiegelt, unsere zehnjährige Romanze würde ihren Höhepunkt in Malaysia erleben.

Ihr Schulfreund Jürgen holte uns ab. Er war noch immer glühend verliebt in meine Frau, das war von der ersten Sekunde an zu sehen. Wahrscheinlich wartete er in Malaysia überhaupt nur darauf, daß ich über den Jordan ging, oder in diesem Fall eben über den Temengui … Es störte ihn nicht, daß seine Frau dabei war, und es störte ihn noch weniger, daß ich vor zehn Jahren bei Jutta das Rennen gemacht hatte und nicht er.

Offensichtlich war er von einer seltenen Dickhäutigkeit, und kurze Zeit später stellte sich heraus, daß er auch von einer seltenen Sparsamkeit war. Und zwar von einer Sparsamkeit der Sondergüte: Er sparte mein Geld.

Von Anfang an hatte ich Probleme damit, in ihrem Gästezimmer zu logieren, aber unter Schwaben ist es klar, daß kein Geld in fremde Gemächer getragen wird, solange noch irgendwo ein Pfadfinderzelt leersteht. Das hat mit dem Alter nichts zu tun, auch die achtzigjährige Mutter wird noch gern auf eine kostenlose Strohmatte gelegt, es hat mit der Einstellung zu tun. Von nichts kommt nichts und vom Ausgeben erst recht nicht. So lagen Jutta und ich also im hellhörigen, dafür kastenengen Gästezimmer, und ich traute mich nicht, auch nur einmal liebevoll zu ihr hinüberzulangen aus lauter Sorge, ihre Gurrlaute würden Jürgen unverzüglich auf den Plan rufen. Er hatte uns nämlich zuvor seine »Kampf-tot-Waffe«, eine Chemiekeule in Sprayform, gezeigt, und ich hatte irgendwie das Gefühl, daß es dabei nicht um Einbrecher, sondern eher um unliebsame Ehemänner ging.

Jutta lachte darüber und meinte, ich sähe Gespenster. Ich gab ihr recht, was tut man nicht alles nach zehnjähriger Ehe. Aber ich wurde allergisch, als wir nach dem zweiten Abend schon wieder in ein Hotel geschleppt wurden, in dem es ein preiswertes Büfett gab.

Ich war stundenlang in der Holzklasse eines überfüllten Fliegers nach Kuala Lumpur gereist, weil ich asiatisch essen, asiatisch leben und irgendwie asiatisch fühlen wollte. Jetzt saß ich in einem vorwiegend von Deutschen bevölkerten Restaurant eines vorwiegend von Deutschen gebuchten Hotels und aß internationale Küche, wurde von einer Engländerin bedient und von einem Italiener bekocht.

Ich versuchte Jürgen klarzumachen, daß ich lieber etwas mehr anlegen, aber dafür in ein richtiges inländisches Restaurant gehen wollte. Da ich aber den Fehler begangen hatte, von Anfang an klarzustellen, daß Jürgen und seine Frau während unserer Gasttage bei ihm meine Gäste seien, ging das schlecht. Er paßte auf mein Geld auf, wobei er wohl eher an Juttas Erbe dachte. Wie auch immer, ich hatte keine Chance.

Am dritten Tag reichte es auch Jutta, wir schlichen in unser Gästezimmer zur konspirativen Sitzung. Flüsternd unterhielten wir uns, was zu tun sei. Die Gastgeber zu ertränken oder verfrüht in unser Ferienhotel nach Borneo abzureisen. Wir entschieden uns mehrheitlich für letzteres. Es war nicht leicht, dies alles heimlich zu organisieren, aber Schwaben sind sehr erfinderisch, wenn es um ihre Vorteile geht. Und da der Vorteil diesmal darin bestand, auch mein Vorteil zu sein, nämlich schleunigst abzuhauen, unterstützte ich meine Schwäbin voll in ihrem heimlichen Tun, schirmte sie lautstark ab, während sie wispernd mit dem Reisebüro telefonierte, und sagte zu allem Ja und Amen, auch zu dem unverschämten Flugpreis.

Jutta buchte flugs und verkündete am vierten Morgen, daß wir nun leider abreisen müßten, was uns natürlich ganz und gar untröstlich stimme. Jürgen machte auch gleich ein ganz betroffenes Gesicht. Wir hätten aber dies und jenes noch nicht gesehen und dies und jenes noch nicht gekostet. Es handelte sich um weitere Büfetts, und wir gaben betroffen bekannt, daß uns dies tatsächlich untröstlich stimme, wir aber trotzdem verzichten müßten.

In unserem Zimmer führten wir einen Fruchtbarkeitstanz auf, der leise ums Bett vollzogen wurde, denn nun konnte es nur noch besser werden. Wir würden uns in unserem Hotel endlich mit Liebesgebrüll aufeinander stürzen können, essen, daß die Bäuche platzten, und zwar alles, was die heimische Küche hergab. Wir wollten weder vor Affen noch vor Schlangen zurückschrecken, Vogelspinnen als Delikatesse und weiße Riesenmaden als Potenzspender zum Kaffee willkommen heißen, egal, Hauptsache, wir kämen von der Maultaschenliga weg.

Am Nachmittag schlich Jürgen um uns herum, als brüte er eine unheilbare Krankheit aus, und am Abend war klar, daß es tatsächlich unheilvoll gewesen war. Seine Frau hatte ebenfalls gebucht. In demselben

Hotel. Überraschung, Überraschung! Er sprang um uns herum wie Rumpelstilzchen ums Lagerfeuer, und mit aufkeimenden Mordgelüsten überlegte ich mir, wie ich die imaginären Flammen realisieren und ihn hineinstoßen könnte. Nichts ging.

Sie saßen neben uns in der Abendmaschine und bestellten das Abendessen, obwohl ungenießbar, dreimal, weil es nichts kostete. Den Rest verpackten sie sorgfältig in mitgebrachte Plastikfolien, man konnte ja nie wissen.

Ich hoffte inbrünstig, daß es in der Nachbarschaft des einsamen Strandes, an dem unser Hotel angeblich stand, kein einziges anderes Hotel geben würde, zumindest keines, das europäische Küche anbot. Ich neige nicht zu Grausamkeiten, aber ich hätte Jürgen jetzt tatsächlich zwischen all seinen Büfettgenüssen stehen gelassen.

Jutta legte mir begütigend die Hand aufs Knie. Ich kenne das, das bedeutet soviel wie: Nimm's leicht! Ich konnte es allerdings nicht mehr leichtnehmen, denn durch das fette Essen hatte ich mir schon zwei Kilo angeeignet, und ich fühlte mich rundherum unwohl.

Mein Gefühl gab mir recht, sie hatten das Hotelzimmer neben uns. Ich brach fast zusammen. Jutta legte mir die Hand aufs Knie, ich legte ihr die meine auf den Busen, dafür bekam ich einen Knuffer in die Rippen. Irgendwie hatte ich mir mein zehnjähriges Ehefest anders vorgestellt. Ich schwor ihr, daß ich keinerlei Rücksicht auf nachbarliche Ohren nehmen würde, daß ich endlich mit ihr schlafen wollte, so, wie wir das zu Hause immerhin auch gelegentlich taten. Sie lächelte verständnisvoll, aber auch irgendwie, wie eine Mutter ihrem knieaufgeschürften Sohn Mut zulächelt.

»Das kriegen wir schon hin«, sagte sie, und ich hätte sie dafür würgen mögen.

Das kriegen wir schon hin. Das hörte sich an, als ginge es um einen Hefeteig, der nicht aufgehen wollte, oder um einen Marmeladenfleck in der Kommunionsbluse. Ich wollte es nicht hinkriegen, ich wollte Sex, und zwar pur. Das kriegen wir schon hin, ich wollte auswandern.

Aber wir schafften es. An diesem Abend gingen wir gemeinsam in ein asiatisches Restaurant. Es war ein Sieg auf der ganzen Linie, denn am nächsten Tag war es den beiden übel, sie waren die asiatische Küche wohl nicht so gewohnt wie wir, die wir in Stuttgart zwischendurch zum Thailänder oder zum Vietnamesen gingen, und sie verschonten uns mit ihrer ständigen Butterbrezel zum Frühstück.

Ich triumphierte. Der Sieg des liberalen, internationalen Magens über den national-teutonischen. Wir hofften und hatten Glück.

Die beiden ließen sich bis zum Abend nicht sehen, wir schlichen uns davon und suchten uns das abgelegenste Restaurant des Hotelkomplexes, ein kleiner, teurer Gourmettempel, und kuschelten uns dort unsichtbar in die äußerste Ecke.

»Koste es, was es wolle, heute essen und genießen wir alles«, sagte ich und bestellte eine unglaubliche Platte voll mit allem, was das Meer und die Küche zu bieten hatten.

Wir lachten wie die Kinder über unsinniges Zeug und stießen zum Festessen mit französischem Champagner an, einem schier überirdischen Luxus, als ich eine Stimme hinter mir hörte.

»Mein Gott, so weit weg hat man euch gesetzt, und das laßt ihr euch gefallen?« riefen die beiden, die wie von Geisterhand hinter uns auftauchten.

Mir blieb der Bissen im Halse stecken, und ich war kurz davor, ungnädig zu werden. Aber ich kam gar nicht dazu, denn Jürgen rückte einen kleinen Zweiertisch an unseren und betrachtete angewidert unsere Platte.

»Was man hier so essen muß«, sagte er, dann griff er zu, und es blieb nichts mehr übrig.

An diesem Abend beschloß ich, ihm zu sagen, daß nun auch die Zeit der Einladung vorbei sei. Zwei Tage lebten wir hier nun schon in diesem Hotel, und er spielte noch immer den großzügigen Gastgeber, der mir die Rolle überließ, im Restaurant zu bezahlen. Ich schlug vor, dieses Abendessen zwischen uns Männern zu teilen, was er aber nicht einsah. Schließlich habe er das nicht bestellt. Im Hotelrestaurant gebe es schließlich ein Büfett, dozierte er, das im Halbpensionspreis inbegriffen sei. Er sah absolut keine Notwendigkeit, ein bezahltes Essen stehen zu lassen und dafür ein anderes zu bezahlen. Das war ja doppelt gemoppelt und somit absolut indiskutabel.

Ich nahm Juttas Hand von meinem Knie, umfaßte sie fest und sagte, daß wir schwimmen gehen wollten. Ich wäre überall hingegangen, nur weg. Jürgen war beleidigt und ließ uns ziehen. Ich hatte meine Freiheit mit einer Platte Meeresfrüchte bezahlt, am liebsten hätte ich dem Meeresgott dafür ein Opfer dargebracht. Es war mir nur noch nicht klar, wen ich ihm darbieten sollte: Jürgen oder seine Frau, oder alle beide?

Jutta küßte mich, das Meer war warm, die Nacht blickdicht, die Sinne regten sich, da wurde ihr plötzlich übel. Und nicht nur das, sie krümmte sich vor mir, so daß ich sie schnellstens ins Bett brachte.

Diese erste freie Liebesnacht verbrachten wir zwischen Waschbecken und Toilette. Ich assistierte unentwegt und war mir bei Morgengrauen nicht mehr sicher, ob ich überhaupt noch urlaubstauglich war.

Anscheinend fehlte mir der Alltagsstreß: Ich sehnte mich nach Hause in mein Büro vor den Papierstoß auf meinem Schreibtisch zurück.

Der nächste Morgen kam. Jürgen war abgereist, hatte eine kleine, sprachlose Notiz hinterlassen, und ich hätte rundherum glücklich sein können. Doch nun waren Zwieback und Tee angesagt, und wir konnten froh sein, daß daran in einer ehemals englischen Kolonie kein Mangel war. Ich konnte es kaum fassen, daß Jürgen die Balzfedern zusammengeklappt hatte. Ich hieß den Tag mit ausgebreiteten Armen willkommen, aber Jutta war völlig lahmgelegt, sie zitterte von oben bis unten, der Hotelarzt kam und gab ihr etwas gegen den ständigen Brechdurchfall, dann ging es langsam besser.

Ich zählte an den Finger ab. Es blieben uns noch vier Tage. Sollte sie bis dahin gesund werden, könnte uns noch eine Liebesnacht vergönnt sein. In der Zwischenzeit vergammelte ich, denn die Tropen sind, wie bereits angedeutet, nicht mein Klima. Der Puls verlangsamt sich wie das Leben und schließlich auch die Libido.

Am vorletzten Tag vor unserer Abreise fühlte sich Jutta urplötzlich stark genug, um einen Angriff auf mich zu wagen. Ich mußte mich konzentrieren, sie sah es und schickte mich Luft und Wasser tanken. Ich war nicht gerade unglücklich, denn der frühe Nachmittag ist nicht gerade meine Zeit. Ich brauche schon etwas mehr Stimmung. Rotwein und Kerzenschein am liebsten, im Notfall tut es auch eine Peepshow, aber an die war hier nicht zu denken.

So stürzte ich mich also ins Meer. Ein paar Urlauber – natürlich aus Deutschland – sahen mir zu, wie ich einen Katamaran mietete. Ich hatte an der Nordsee meine Jugendurlaube verbracht, ich war wetter- und segelerfahren, endlich konnte ich mal zeigen, was ich drauf hatte. Jutta legte sich derweil unter eine Palme in den Schatten, bestellte sich eine durchfallfreundliche Cola und wartete auf das Ereignis.

Ich war siegesgewiß, besprang diesen windigen Katamaran und stellte mich dem Abenteuer. Es war einfach, ich hatte es gewußt. Viel zu einfach, um den auf dem sicheren Strand Verbliebenen zu imponieren. Also legte ich etwas zu. Kreuzte hart am Wind und zeigte, was Könner mit einem Katamaran so alles anstellen können – bis er kentert. Unglücklicherweise fiel er direkt auf mein Steißbein. Es krachte, und ich glaubte, meine Wirbelsäule sei bis ins Großhirn gesplittert. Da ich aber noch denken konnte, konnte dies nicht möglich sein. Ich wußte, daß ich eine lächerliche Figur abgab, das war das erste, was mir in den Sinn kam. Das zweite war, daß ich prüfen mußte, ob meine Lendenwirbel noch funktionstüchtig waren. Siedend heiß fiel mir meine noch ausstehende Liebesnacht ein.

Ich wackelte etwas mit der Hüfte, es tat weh, trotzdem war ich mir nicht sicher. Im Wasser waren solche Defekte schwer nachprüfbar, aber mit dem Katamaran an der Hand an den Strand schwimmen wollte ich auch nicht. Das sah ja mehr als schwächlich aus. Ich quälte mich ab, aber das blöde Ding ließ sich nicht mehr aufrichten.

Schließlich wurde ich von einem der lebensrettenden Muskelpakete der Baywatch entdeckt und gerettet. Das war die peinlichste Vorstellung meines Lebens, und sie brachte meine Libido umgehend auf den Nullpunkt, wenn nicht sogar in die Gefrierzone.

Jutta nahm es mit Nonchalance, wie sie wohl alles in ihrem Leben – einschließlich mich – mit Nonchalance nahm. Sie hatte auch keine andere Wahl. Die halbe Nacht pflegte sie meine Hinterfront mit Eiswürfeln, so wie ich die Nächte zuvor ihren Kopf gehalten hatte. Ich war nur froh, daß Jürgen dieses klägliche Schauspiel nicht mehr mitbekommen hatte. Womöglich hätte er die Stunde genutzt und Jutta zu einem exquisiten Dinner eingeladen.

Als wir nach Hause flogen, hatten wir keine einzige Liebesstunde miteinander verbracht. Das war mehr als beschämend, aber keiner von uns schnitt dieses Thema an. Vor zehn Jahren war es auch nicht viel besser gewesen. Juttas Mutter hatte uns in unseren Flitterwochen begleitet, und wir hatten uns vor ihr schließlich in die Zugtoilette geflüchtet. Es war der unbequemste Akt in meinem gesamten Leben, aber irgendwie hatte es auch was. Immerhin haben wir es beide nie vergessen.

Deshalb war mir klar, was Jutta wollte, als sie mit einem schrägen Grinsen durch die Holzklasse und die schlafenden Fluggäste hindurch auf mich zukam.

»Schätzchen«, sagte sie leise, und ihre Augen glitzerten verführerisch, »in der Firstclass gibt's eine Toilette, da kannst du nur davon träumen …«

Der Egoist

Ein Egoist ist ein Mensch, der alles für sich alleine haben will, wurde mir in meiner Kindheit erklärt. Und irgendwie klang das wie »pfui« und war auch so gemeint. Schaufel und Eimer hatte man gefälligst zu teilen, zumal, wenn man als Mädchen im Sandkasten saß. Die Jungs hauten sich die Schaufelbagger um die Ohren, und wir boten gemeinsam gebackenen Sandkuchen an. Später wurde ich dann mit Florence Nightingale konfrontiert. Schön, wenn man sein Leben so für andere gibt. Gleichzeitig kamen die ersten Männer in Sichtweite, die von »mein Haus«, »mein Auto«, »mein Baum« sprachen. Und schließlich auch noch von »mein Sohn«. Und ihre Frauen sprachen von »unserem Haus«, »unserem Auto«, »unserem Sohn«. Der Mann fuhr den engen Sportwagen, die Frau den familienfreundlichen Kombi. Platz für jeden, für alles, rundherum sozial. Ich kaufte mir einen Zweisitzer und fühlte mich herrlich asozial, ich wollte nicht teilen. Den rechten Sitz versperrte ich noch mit einem Kindersitz, jetzt ging gar nichts mehr. Ich kaufte mir ein Pferd, darauf paßt gemeinhin auch nur einer. Und meine Skier tragen auch nur mich alleine. Manchmal teile ich auch, denn eigentlich teile ich ja gern. Ich tu's jedoch nur, wenn ich das auch selbst will. Ich teile mein Geld, mein Auto, mein Leben. Aber ich haue jedem einen Schaufelbagger um die Ohren, der meint, ich sei dazu da, ihm einen Sandkuchen zu bakken. Man lernt dazu im Leben. Auch von Männern.

HOCH GEEHRT NÜTZT WENIG

Rote Glaskugeln, goldene Holzengel, Zimtgeruch in der Luft. Die Mutter der besten Freundin meiner Tochter hat Sinn für Weihnachten. Ihre Wohnung ist festlich geschmückt. Vorfreude überall. Der zweijährige Joscha spielt begeistert mit seinem Traktor, denn der Nikolaus reitet nicht mehr auf einem Rentier ein, nein, er braucht einen Traktor für die vielen Geschenke, Selina sitzt mit meiner Tochter Valeska vor der Weihnachtskrippe und knackt Walnüsse, daß die Schalen wild durchs Zimmer spritzen, wir Mütter heben das Rotweinglas zum Anstoßen, die große Tochter verabschiedet sich eben für die Nacht.

Da sagt der Herr des Hauses mit einer weiten Geste über die Kinderschar und das Christkind in der Krippe: »Dazu braucht ihr Frauen uns Männer noch.

Aber das ist auch alles. Wenn das auch noch ersetzt wird, ist es ganz vorbei!«

Was da ersetzt werden soll, ist meiner Tochter nicht klar, denn seit neuestem hat sie ihre eigene Theorie übers Kinderkriegen: »Die Frauen haben die kleinen Babys ganz, ganz winzig im Bauch. Und wenn sie ein Kind haben wollen, wächst es, und wenn das Baby dann groß genug ist, wird es aus dem Bauch geholt.«

Klingt einleuchtend, finde ich, denn das hatten wir ja schon einmal. Oder zumindest so ähnlich.

Ich setze mich zu den Kindern vor die Krippe und erzähle den beiden Mädchen von Maria. Die kennen sie schon, dank des katholischen Kindergartens und Pfarrer Halter. Bloß was Joseph dabei zu tun hat, ist ihnen noch schleierhaft. Mir auch.

Valeskas Urgroßmutter hieß ebenfalls Maria. Und ihr Mann Josef. Da lag der Fall anders, denn was dieser Josef tat, ist heute noch zu besichtigen: Meine Mutter hat fünf Schwestern. Alle sechs kamen in kurzen Abständen. Hätte meine Großmutter meine Tochter und deren Theorie gekannt, wäre vielleicht alles ganz anders gelaufen.

Möglicherweise wäre ich dann gar nicht auf der Welt. Wer weiß schon, ob meine Großmutter nach dem dritten Kind nicht einfach aufgehört hätte, sich ein weiteres zu wünschen.

Mir wird klar, meine Tochter ist eine Revolutionärin. Sie wird die Welt verändern. Wie Maria, Maria, die einfach mal eben ein Kind wachsen ließ. Ganz ohne Mann. Und was für eines!

Aber egal, was aus diesem Knaben geworden ist, fest steht, ohne Maria hätte es ihn nicht gegeben. Und unsere ganze Religion auch nicht.

Wir haben also alles einer Frau zu verdanken. Und was macht unsere Religion? Sie betet das Ei statt die Henne an.

Maria, die Frau, die die Theorie meiner Tochter bestätigt, ist nur noch die Alibimadonna in der katholischen Kirche. Das erweist sich an ihren Geschlechtsgenossinnen: Kuchenbacken und Pflegedienste in der Gemeinde, aber bitte nicht von der Kanzel herunter predigen. Es könnte ja eine zur Revolution aufrufen.

Die beiden Mädchen fummeln das Christkind aus seiner Krippe, Selina spielt Maria, Valeska ist das Christkind, Joscha will unbedingt Joseph haben, er soll Traktor fahren. So bleiben Mutter und Kind übrig. Wie wahr, wie wahr.

Maria war unverheiratet, als sie schwanger wurde. »... und gebenedeit sei die Frucht deines Leibes.« Diese Frucht war unehelich, sei's, wie's will.

Doch gerade der Umstand, daß Jesus von einer unverheirateten Frau empfangen wurde, wird seit

Generationen von rechtschaffenen Christen als Ereignis gefeiert. Ihre eigene Tochter hätten sie dafür vom Hof gejagt. Die eigene Verlobte geächtet. »Geschändet« hätten sie so einer nachgeschrien und ihrem Bankert jede Daseinsberechtigung abgesprochen.

Dafür lief man dann aber in die Kirche und betete das uneheliche Kind einer anderen an, schrieb ganze Bibliotheken darüber voll. Bloß nicht über die Frage, wer ihn denn nun eigentlich gezeugt hat. Dies scheint weiter keinen zu interessieren. Aber über Jahrhunderte hinweg fühlten sich alle und jeder über alle und jede zum Sittenwächter berufen.

Dabei macht es Maria doch vor. Sie hätten nur einmal hinschauen müssen. Ein Kind ohne leiblichen Vater. Wer war diese Frau? Stark muß sie gewesen sein. Außergewöhnlich. Und sie war bereit, ihren Willen, ihre Meinung durchzusetzen. Ein uneheliches Kind von einem nicht definierbaren Wesen.

Warum regen sich manche männlichen Christen heute über Frauen auf, die zur Samenbank gehen? Auch hier ist der Vater gesichtslos, hinterläßt keine Spuren. Es ist das Recht der Frau, über ihren Bauch zu bestimmen. Maria hat es vorgemacht.

Selina hat mit Valeska die Figuren getauscht, sie läßt das Christkind nun die Tiere im Stall füttern. Einige Schafe stehen da, zwei Kühe, ein Esel. Maria richtet die Krippe mit frischem Heu, Joseph fährt weiter Traktor.

»Mami, ist es eigentlich schön, ein Kind im Stall zu bekommen? Warum hast du mich nicht im Stall gekriegt?«

Valeska hätte das toll gefunden. Am besten mitten im Reitstall, ihre Lieblingspferde Rocky, Peggy und Florian drum herum und sie direkt aus der Krippe auf den Pferderücken. Und die drei Weisen hätten bei ihr ruhig auch kommen dürfen, erklärt sie, allerdings nicht mit Gold und Edelsteinen, sondern besser mit der Barbie, deren Haare sich im Wasser violett verfärben, und dem Zauberspruch, niemals mehr Zähne putzen zu müssen. Zumindest nicht, bis man sie praktischerweise abends ins Glas legen und sprudeln lassen kann.

Selina schließt sich dem an, auch wenn sie statt der Barbie lieber orangefarbene Schuhe gehabt hätte. Die Barbie hat sie schon.

Das mit dem Stall war sicherlich nicht so toll, denn es war eine Notlösung, versuche ich zu erklären. Ein Kind kommt, wann es will, das kann die Mutter nicht beeinflussen. Wenn sie sich über irgend etwas aufregt, kommt es vielleicht sogar schneller.

Im Lukasevangelium steht, daß zu jener Zeit, kurz vor Marias Niederkunft, Kaiser Augustus den Befehl ausgab, alle Bewohner der Reiches hätten sich in ihren Heimatstädten in Steuerlisten einzutragen. Dies geschah damals zum erstenmal unter dem Statthalter Quirinius, und Joseph zog mit der hochschwangeren Maria nach Bethlehem, um dieser Pflicht nachzukommen. Wen wundert es also, daß der Knabe vor lauter Aufregung früher kam, als erwartet, und keine Zeit mehr für die Suche nach einer geeigneten Herberge blieb? Die wahre Schuld, weshalb Maria in einem Stall gebären mußte, liegt also beim Finanzamt.

Valeska weiß, daß auch sie acht Tage früher kam als erwartet, und findet es jetzt interessant, mit Jesus etwas gemeinsam zu haben. Bloß daß der Statthalter nicht mehr Quirinius heißt.

Ich erkläre ihr das, und sie kann mitreden, denn einen Theo kennen die beiden auch. Er klaut Selina immer die weißen Kieselsteine, die sie mühevoll am Bodenseeufer gesammelt hat.

»Siehst du«, greife ich das Beispiel dankbar auf, »so einer ist das auch. Wirst du beim Sammeln von einer Welle erwischt und bist pitschnaß, steht er lauernd im Hintergrund und wartet, bis du wieder auf dem Trockenen bist. Und kaum hast du deinen kleinen Zeh auf festem Boden, schwupp, ist er auch schon da, nimmt dir die Beute ab und jagt dich ins Wasser zurück.«

Selina meint, das dürfe er nicht, und meine Tochter beschließt, sich zu wehren. Beim nächsten Mal werde sie ihn naß spritzen, den Theo! Bis auf die Haut! Pitschepatschenaß!

Ich sag' ja, sie wird die Welt verändern!

Nun bettet Maria das Christkind in die frischgemachte Krippe und geht mit den Tieren anschließend hinaus. Sie wollen nach dem Weihnachtsstern sehen. Selina hält einen Schokoladenstern in die Höhe, und die Tiere unterhalten sich darüber, wie schön er sei. Selbst Joseph hält beim Traktorfahren inne. Dann steckt sich Selina den Stern in den Mund, Joscha schreit wütend auf, und Valeska, die keine Schokolade mag, fragt, was an Maria denn nun so besonders sei. Ob sie hexen könne wie Bibi Blocksberg oder sonst was in der Richtung.

Nein, nicht hexen. Dafür wäre sie von den Anhängern ihrer eigenen Religion später sogar verbrannt worden. Nein, Maria war stark und mutig. Sie mußte mit ihrem Kind fliehen, denn König Herodes, dem geflüstert worden war, daß ein Königssohn geboren worden sei, fürchtete die Konkurrenz und schickte seine Häscher nach Jesus aus. Da der beschriebene Junge aber nicht gefunden werden konnte, ließ Herodes, um sicherzugehen, alle kleinen Buben in seinem Reich töten.

Das berührt Valeska nicht sonderlich, und Selina findet es sogar praktisch, denn in einem solchen Fall könnte ihr Theo auch keine Kieselsteine mehr klauen. Und außerdem ist das eben so! In allen Märchen werden Kinder gepiesackt, ausgesetzt oder sogar umgebracht. Das ist doch babyklar!

Ich lasse mich nicht irritieren, nehme Maria in die Hand und halte sie hoch. Gebannte Kinderaugen folgen ihr.

Maria ist deswegen eine solche Ausnahmefrau, doziere ich, weil sie einen Ausnahmesohn zur Welt gebracht hat. Er war für Frieden und für Gerechtigkeit, für ein Gleichgewicht zwischen Arm und Reich, und ist dafür gestorben.

Für Frieden sind die beiden Mädchen auch. Für Gerechtigkeit ebenfalls. Für das Gleichgewicht auch. Es gäbe da so ein paar Sachen, die würden sie gern armen Kindern schenken, Sachen, die ihnen sowieso noch nie so recht gefallen haben. Ich stelle fest, sie sind auf dem besten Weg, echte Menschen zu werden.

Ihr müßt aber genau das schenken, was euch selbst am besten gefällt, erkläre ich ihnen. Erst dann ist es richtig. Valeska protestiert. Was man selbst geschenkt bekommen hat, darf man überhaupt nicht weiterschenken, das hätte ich selbst gesagt! Und da sie all ihre Sachen irgendwann einmal geschenkt bekommen habe, dürfe sie davon auch nichts weitergeben! Das wäre sonst Unrecht! Und außerdem, findet jetzt Selina, könne doch jeder dem Nikolaus und dem Christkind selbst einen Brief schreiben. Es bekäme doch schließlich jeder etwas. Die armen Kinder müßten sich eben nur das Richtige wünschen!

Ich beschließe, dieses Thema zu vertagen. Valeska nimmt mir Maria ab, Joscha braucht noch einen Fahrgast für seinen Traktor. Er grapscht nach dem Christkind in seiner Krippe, was eine heftige Rangelei mit seiner Schwester auslöst.

»Und was hat jetzt eigentlich der liebe Gott damit zu tun?« will Valeska wissen.

»Er ist der Vater von Jesus«, erkläre ich.

»Nicht Joseph?«

»Der auch!«

»Aha!«

Ein Kind mit zwei Vätern ist nichts Außergewöhnliches, das sieht sie bei anderen Kindern auch. Eher praktisch. Für jede Gelegenheit einen.

»Und was ist dann mit Jesus passiert?«

»Nun, es gab Menschen, denen hat Jesus nicht gepaßt, und die haben ihn später umgebracht. Ans Kreuz genagelt.«

Valeska kennt dieses Kreuz, sie nickt.

»Aber warum hat seine Mutter das nicht verhindert, wenn sie so stark war, wie du sagst?« will sie wissen.

Joscha brüllt los, Selina hält das Christuskind triumphierend in der Hand.

»Weil andere stärker waren«, sage ich und zeige auf Selina.

»Und warum haben seine Väter nicht geholfen?«

»Der liebe Gott war im Himmel, und Joseph war wohl bereits tot.«

Das gefällt Valeska, denn mit dem Tod kennt sie sich aus. Ihr Opa ist ebenfalls schon tot.

»Dann war Joseph also auch im Himmel.«

Ich sehe ihr an, was sie denkt. Da sitzen sie zu zweit im Himmel, und keiner hilft. Und wenn der liebe Gott schon seinem eigenen Sohn nicht helfen will, warum sollte er dann anderen helfen?

Ich bin überfragt, ich weiß es nicht.

Ich verstehe ja auch nicht, was aus der stolzen Maria geworden ist. Irgendwann haben Männer einen Mutterkult daraus gemacht, sie zu einer wehmütig dreinblickenden Muttergottesstatue erstarren lassen. Wohlweislich. Denn vor einer starken, selbstbewußten Maria hätten sie sich fürchten müssen. Mit einem ungezeugten, leibhaftigen Kind!

Wie bedenklich für die Macht der Männer. Aber keiner hat es verstanden. Selbst die Frauen haben sich von ihrer eigenen Kirche abdrängen lassen. Katholisch folgsam ins zweite Glied. Und wenn sie doch zugelassen sind, dann dienend als Bräute.

Kann man nur hoffen, daß noch einmal eine Maria kommt!

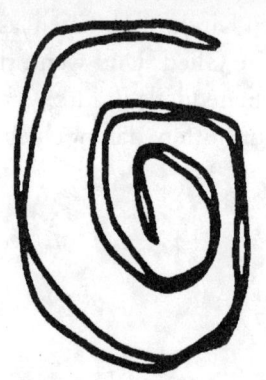

Eifersucht

Eifersucht ist eine Leidenschaft, die mit Eifer sucht, was Leiden schafft. Stimmt. Warum läßt man sich eigentlich von solch destruktiven Gefühlen quälen? Eifersucht, Neid, Mißtrauen. Ist es einfach nur Unsicherheit? Selbstzweifel? Ich fühle mich nicht gleichwertig, habe Angst, die anderen seien überlegen. Schöner, schlanker, erfolgreicher, was auch immer. Wie selbstzerstörerisch es doch ist, das Füllhorn der Mißgunst über andere auszuschütten. Mit dieser Energie könnte man an sich selbst arbeiten, Qualitäten entdecken, Begabungen fördern, sich selbst voranbringen. Denn: einen Partner, der gehen will, bringt Eifersucht nicht zurück, und der Erfolg der anderen wird durch Neid nicht geschmälert. Lassen wir doch den einen ihren Reichtum und den anderen ihre Schönheit, gönnen wir Bill Gates sein Sechzig-Millionen-Dollar-Haus und Claudia Schiffer ihre Schönheit.

Glück gibt's nicht zu kaufen, ist nicht erpreßbar und leicht wie eine Feder. Bei miesen Gedanken fliegt es einfach weg.

SZENEN EINER EHE

»Vorhin mußte ich doch wirklich lachen – kommt unser Sohn, knallt wütend die Tür zu und schwört, daß er von Frauen jetzt endgültig genug habe!«

»Sieh mal einer an, dieser Bengel – bisher hat er doch ganz andere Töne von sich gegeben ...«

»Aber jetzt scheint es eben zum ersten Mal anders-herum gelaufen zu sein.«

»Sag bloß, Evi, du meinst, er hat einen Korb bekommen?«

»Genauer – sie hat ihn schlichtweg sitzenlassen!«

»Und deswegen regt er sich auf? Er hatte sich das-selbe doch schon fast zum Hobby gemacht – wenn ich bloß an die vielen Mädchen denke, die hier ständig anrufen und denen er dann immer huldvoll erklärt, daß es zwar wohl nett gewesen sei – aber eben doch nicht so das Richtige, einzig Wahre ...«

»Nun ja, aber bisher hat halt nur immer er ausgeteilt – ganz wie sein Vater …«

»Nun hör mal …«

»Aber jetzt hat es ganz offensichtlich ihn erwischt. Und zwar ordentlich. Sie hat ihm nämlich erklärt, so hat sich dein Sohn bei mir beschwert, sie würde zwar mit ihm ins Bett gehen, aber nur, weil er so einen muskulösen, jungen Körper habe.«

»Ach, du je, die scheint nicht besonders verwöhnt zu sein. Hat wohl einen alten Knacker zu Hause. Ist ein älteres Semester – was?«

»Nun ja, im Verhältnis zu Michael schon …«

»Wie alt denn? Achtzehnjährige Jungs stehen auf dreißigjährige Frauen, das weiß jeder. Weiß ich sogar noch aus eigener Erfahrung, aber das war ja schließlich lange vor deiner Zeit, Evi, das ist ja wohl klar!«

»Dreißig ist sie noch nicht. Aber fast – sechsundzwanzig.«

»Na, ist doch nicht schlecht …«

»Fand Michael auch nicht. Anfangs – bis sie ihm den Laufpaß gab. Sie soll nämlich nicht nur unglaublich attraktiv, sondern auch noch irrsinnig – so dein Sohn – im Bett sein!«

»Und was beklagt er sich dann? Ist doch fabelhaft – oder will er sie jetzt auch noch heiraten?«

»Er regt sich einfach darüber auf, daß er den Laufpaß bekommen hat – und zwar noch in derselben Nacht. Ohne Begründung!«

»Sie wird schon ihre Gründe gehabt haben … Vielleicht sollte ich dem Kleinen doch noch ein paar Tips geben …«

»Du?? Nun, wenn du meinst … aber daran soll es nicht gelegen haben. Michael meint, sie hätte wohl eher ein Faible für ältere Semester – wegen der Finanzen, der schicken Dinners, der Pelze, Ringe und der schnellen Wagen …«

»Na, also sag doch mal ehrlich, Evi, diese Typen müssen doch bekloppt sein – sich mit Geld Liebe zu erkaufen. Also, wenn ich das nötig hätte, würde ich es ganz sein lassen. Und mit so einer geht Michael ins Bett? Ich glaub', ich muß wirklich mal ein ernsthaftes Wörtchen mit dem Lausejungen reden. Der glaubt wohl, weil er jetzt volljährig ist, kann er tun, was er will. Unglaublich. Hat er ihr etwa auch ein Geschenk gemacht? Womöglich aus deiner Haushaltskasse, was?«

»Er meinte, da sei nicht mehr viel zu schenken. Materiell gesehen. Sie hat einen Luchs, einen Fuchs, ein Kollier und einen rassigen Wagen.«

»So?«

»Ja, und außerdem hat sie ihn noch nicht mal bei sich schlafen lassen, sondern ihn direkt danach aus dem Appartement geworfen.«

»Mein Gott, muß der Junge schlecht gewesen sein. Das kann ihm und seinem Ego nur gutgetan haben. Eigentlich sollte man dem Mädchen dafür gratulieren!«

»Genau das war auch mein Gedanke. Ich mußte wirklich lachen, und das machte Michael noch wütender. Und dann fand ich, es sei angebracht, dieser Frau ein lustiges Gratulationskärtchen zu schicken. Und ich fragte Michael nach der Adresse.«

»Na und?«

»Er sagte, ich soll dich danach fragen. Es sei schließlich *deine* Freundin!«

Hoffnung

Jeder, der liebt, überlegt, warum es so ist. Und jeder, der nicht liebt, überlegt das auch. Und dann stellt man fest, daß es überhaupt nicht zu erklären ist. Derjenige, der nicht liebt, den anderen aber schätzt und mag, hofft, daß der Rest eintreten wird. Und derjenige, der liebt, hofft, daß es ewig halten wird. Irgendwann gleichen sie sich dann an. Derjenige, der liebt, liebt weniger heiß, aber lernt die Eigenschaften des anderen schätzen, und derjenige, der mag, versteht, daß der andere liebenswert ist. Oder aber derjenige, der geliebt hat, ist von der nachlassenden Liebe enttäuscht, weil sich nichts Gleichwertiges dazugesellte, und derjenige, der die Eigenschaften liebte, aber auf die Erotik wartete, ist ebenfalls enttäuscht. So treffen sie sich dann wieder: Derjenige, der Erotik will, und derjenige, der innere Werte sucht. Und irgendwann ist es dann klar, daß das eine vom anderen nicht zu trennen ist. Und irgendwann ist auch klar, daß die Dinge auf Dauer nicht zusammengehen. So liebt man aufs neu und hofft aufs neu.

ES WAR EINMAL EIN KLEINER SPATZ

Es war einmal ein kleiner Spatz, der hieß Hans. Hans lebte in einem Blumenkasten am Fenster einer alten Frau. Immer, wenn sie den Tisch für sich deckte, pickte er sanft ans Fenster. Dann öffnete sie lachend, schenkte ihm ein paar freundliche Worte und Brosamen.

Hans lebte sommers wie winters gut und glücklich. Eines Tages vergaß die Frau den Tisch zu decken. Hans pickte und pickte, aber nichts geschah. Dann spähte er durch sämtliche Fenster. Endlich entdeckte er sie: Sie lag regungslos am Boden.

Viele Tage geschah nichts, dann waren plötzlich Menschen in der Wohnung und trugen die alte Frau hinaus. Hans hatte fürchterlichen Hunger, aber es dauerte nicht lange, und es zog eine Familie in die Wohnung der alten Frau. Hans war glücklich, als sie zum erstenmal den Tisch deckte. Er pickte gegen das Fenster. Niemand hörte ihn. Er pickte heftiger und flog auf und ab. Ein Junge öffnete und scheuchte ihn weg. Am nächsten Morgen warf die Familie seinen Blumenkasten weg, und Hans mußte in eine Mauernische flüchten.

Ständig war Streit in der Wohnung, der Mann und die Frau schrien sich an, die Kinder zielten mit Steinschleudern nach ihm. Hans wurde immer trauriger und hungriger. Er hatte schreckliche Angst vor dem nächsten Winter.

Endlich faßte er einen Entschluß. Er wollte das Paradies suchen, von dem ihm seine Mutter manchmal abends im Nest erzählt hatte, wenn er nicht einschlafen konnte. Hans fragte seine Nachbarin, die Taube, ob sie den Weg wisse. Aber sie wußte ihn nicht. Auch nicht der Fink und nicht die Amsel. Alle glaubten, es sei einfach eine Gutenachtgeschichte der Spatzenmama gewesen. Doch Hans wußte es besser. An einem frühen Morgen flog er los.

Nicht weit vor der Stadt traf er einen Schwarm Rauchschwalben, die zwitschernd auf Hochspannungsleitungen saßen. Hans grüßte höflich und fragte nach dem Weg zum Paradies. Sie lachten hell und erklärten ihm, daß sie niemals über Afrika hinausgekommen seien. Aber bis nach Südafrika würden sie ihn gerne mitnehmen. Hans erschien das ein Umweg. Er wollte direkt ins Paradies. So flog er weiter.

Die Berge wurden höher und höher, die Luft wurde kühler. Auf dem Dach einer Berghütte sah er Spatzen sitzen. Sie konnten ihm auch nicht weiterhelfen, aber sie boten ihm Körner und eine warme Übernachtung an. So blieb er und erfuhr, daß er in den Alpen und auf dem Weg nach Italien war.

»Sieh dich vor«, piepsten sie ihm nach, als er frühmorgens weiterflog.

Er lachte glücklich, denn die Sonne ging auf und tauchte die Berge in ein rötliches Licht. Wo die Erde so schön war, mußte das Paradies nahe sein.

Er war den ganzen Tag geflogen, hatte die Berge längst hinter sich gelassen und suchte eben in der Tiefebene ein Nachtlager, als ein Schrei ihn durch seine winzigen Adern hindurch bis in sein kleines Herz entsetzte. Er hielt inne, spähte angestrengt durch die Dämmerung. Vor ihm baumelte etwas. Mit zögernden Flügelschlägen kam er näher, da sah er es: riesige Netze, in denen Lerchen, Sperlinge und Hänflinge jämmerlich gefangen waren. Bei ihrem verzweifelten Kampf freizukommen verstrickten sie sich immer mehr im engmaschigen Garngeflecht, bis ihre Flügel völlig verdreht waren.

Entsetzt stand Hans in der Luft. »Flieh!« rief ihm

die Lerche zu, die ihn gewarnt hatte. »Ich will euch aber helfen!« Ohnmächtig flatterte er vor ihr. »Du kannst uns nicht helfen! Hilf dir selbst, flieg über die Grenze!«

Seine Flügel wollten ihm kaum gehorchen, als er zitternd weiterflog. Bald darauf verkroch er sich in einem Baum, fand aber keinen Schlaf.

Frühmorgens flog er weiter und atmete erst wieder auf, als eine kleine Meise ihm bestätigte, daß er jetzt in Frankreich sei. Er mied die Städte und wollte eben in einem weiten Schilfgebiet nach Futter und Wasser suchen, als die Luft zu explodieren schien. Um ihn herum knallte und zischte es, und er sah, wie einige Enten mitten im Flug abstürzten und auf dem Boden aufschlugen. In Todesangst versuchte sich Hans so klein wie möglich zu machen und segelte ohne weiteren Flügelschlag in das dichte Laubwerk eines Busches.

Plötzlich waren Hunde und Menschen um ihn herum, die viel Lärm machten und sich unentwegt gegenseitig auf die Schultern schlugen. Mit großen Augen sah Hans zu und traute sich bis zum Morgengrauen nicht mehr aus seinem Busch heraus. Aber er gab den Glauben an das Paradies nicht auf und flog weiter.

Nach vielen Tagen kam er ans Meer und sah

ein gewaltiges Ungetüm aus Stahl und Eisen, das sich schnell vom Ufer fortbewegte. Riesige Seemöwen begleiteten es. Sicherlich waren auch sie auf der Flucht und hatten den rechten Weg gefunden. Hans flog schnell hinterher und schaffte es, den Koloß einzuholen. Er sah aus wie das Haus mit den vielen, vielen Fenstern, in dem er aufgewachsen war, und Hans bekam Heimweh nach seinem Blumenkasten und der alten Dame.

Vorsichtig flog er näher. Unter einem Liegestuhl entdeckte er einige Brotkrumen, und in einer kleinen Wasserlache konnte er ein Bad nehmen. Nicht weit davon entfernt fand er schließlich eine trockene kleine Nische als Schlafplatz, und Hans beschloß zu bleiben, tagsüber zu schlafen und nachts und frühmorgens auf Futtersuche zu gehen.

So vergingen die Tage, und als Hans ausgeruht war, bemerkte er, wie einsam er war. Die Möwen hatten längst abgedreht, kein anderer Vogel war an Bord. Hans sah noch nicht einmal eine Maus. Nur er war noch übrig auf dieser einsamen Arche Noah voller Menschen. Traurig blickte er auf die Weite des Meeres und verließ immer seltener seine kleine Nische.

Doch da sah er eines Tages plötzlich Vögel. Große, schwarze Vögel schwebten mit ausgebreiteten Flügeln über ihm, und andere kamen näher, mit seltsamen

Hautfalten an ihren gebogenen breiten Schnäbeln. Es waren Vögel, die er nicht kannte. In großem Abstand folgte er ihnen und kam zu Inseln, die seltsam geformt waren. Schwarz verkrustet die einen, üppig grün die anderen.

Hans landete auf einem grünen Baum und beäugte die seltsamen Vögel und Tiere um sich herum. Ob sie ihn fressen würden?

Da fiel ihm ein kleines Finkenmädchen auf, das ihn anstarrte. »Wer bist denn du?« fragte sie nach einer Weile neugierig.

»Hans, der Spatz«, gab er bereitwillig Auskunft, froh, endlich wieder mit jemandem reden zu können.

»Wir kennen hier keine Spatzen«, sagte sie und fügte stolz hinzu, »ich bin ein Darwinfink und heiße Rosio!«

»Aha!« nickte Hans.

Eine Weile war es still. Ich bin also der einzige Spatz hier, dachte Hans und bekam Angst. Mußte er für immer alleine bleiben?

»Willst du mein Freund sein?« fragte Rosio und legte den Kopf schief.

»Gern!« piepste Hans erfreut und hüpfte schnell neben sie.

Rosio zeigte ihm die ganze Insel und erklärte, daß es eine der Galapagosinseln sei. Das sagte Hans zwar nichts, aber er nickte. Dann zuckte er zusammen, denn eben fuhren Menschen in einem Beiboot auf den Strand zu, der voller Seelöwen war. »Die müssen da weg, die Menschen werden sie töten!« piepste Hans angstvoll. Rosio sah ihn verständnislos an. Die Seelöwen öffneten noch nicht einmal die Augen, und auch alle anderen Tiere blieben, wo sie waren. Nichts Böses geschah.

Hans staunte mit offenem Schnabel: »Ist das das Paradies?«

»Das Paradies?« Verblüfft schüttelte Rosio ihr kleines Köpfchen, »aber das ist doch völlig normal! Komm, laß uns mit den anderen hinfliegen, Menschen gucken!« Aber Hans hatte schon genug Menschen erlebt. Bleischwer wurde ihm sein Herz, und Rosio sah verwundert zu, wie ihr neuer Freund mit hastigem Flügelschlag in die entgegengesetzte Richtung davonflog.

Die kleine Welt

Ich habe sie gesehen, die kleine Welt der Kleinsten unter uns, die ein Regentropfen schon bedroht, während wir uns vor der Sintflut fürchten. Und als ich über die Welt der Großen nachdachte, über all das, was uns berührt, bewegt, ängstigt und aufbaut, sah ich die Welt der Kleinsten: Filme über die Liebe der Weinbergschnecken, über den Weg des Marienkäfers, das Miteinander der Ameisen, den Kampf eines Hirschkäfers mit einem Erdklumpen. Und ich sah, welche Welt sich auftun kann, wenn man unsere Welt der Börsen und Aktien und Kahlköpfe und Wichtigtuer vergißt. Und ich dachte mir, daß es keine Politik und keine Religion braucht, um zu leben und glücklich zu sein. Manche, die vermutlich keine Ahnung von all dem haben, machen es uns vor. Man braucht sich nur zu bücken.

DER IRRLÄUFER

Die Kurznachricht war eindeutig ein Irrläufer. Irene beschloß, das zu übersehen, und antwortete, weil sie es so schön fand, daß auf ihrem Display ganz unerwartet stand: »Ich liebe Dich.«

»Danke, einen so schönen Satz habe ich lange nicht gehört«, schrieb sie und sandte es an die ihr unbekannte Telefonnummer zurück.

Es dauerte etwas, bis ihr Handy erneut piepste.

»Entschuldigen Sie bitte das Versehen«, las sie.

»Es war kein Versehen«, schrieb sie zurück, indem sie sich mühsam die Buchstaben auf dem kleinen Tastaturfeld zusammensuchte.

»Es war kein Versehen – es war vielleicht ein dankenswerter Zufall, aber kein Versehen!«

»Doch, sogar ein doppeltes«, kam kurz danach als Antwort zurück.

Irene rückte ihre Brille zurecht. Sie brauchte eine Weile, um sich eine Antwort zu überlegen. Aber solange sie auch die Sätze hin und her wälzte, es fiel ihr einfach nichts dazu ein.

»Versteh' ich nicht ...«, schrieb sie schließlich.

»Ich habe den falschen Text und die falsche Telefonnummer eingegeben«, las sie kurz danach auf ihrem Display.

Wie konnte man »Ich liebe Dich« schreiben, wenn es gar nicht so gemeint war?

Sie rief kurz entschlossen unter der Nummer an. Eine Männerstimme meldete sich, Irene war überrascht.

»Ich habe eigentlich mit einer Frau gerechnet«, sagte sie. »Ich bin das andere Ende Ihrer Leitung ...«

Er lachte. »Erstaunlich, was diese Dinger alles in Bewegung bringen. Ihnen schicke ich ein Liebesgeständnis, und dabei hätte es eine Terminabsage an einen Kollegen sein sollen!«

Seine Stimme klang ruhig und tief, sehr männlich und sehr angenehm. Irene lauschte ihr nach. Dann kam ihr zu Bewußtsein, was er gesagt hatte.

»Ist ja auch irgendwie kaum ein Unterschied zwischen Ich-liebe-Dich und einer Terminabsage ...«

Sie sagte es mit einem leicht ironischen Unterton, denn sie fand es mehr als seltsam.

Er lachte wieder.

»Mein Handy hat vorgefertigte Sätze gespeichert. Schon vom Werk aus. Da steht also beispielsweise: ›Bitte ruf mich zurück‹ oder ›Ich komme später‹, ein häufig benutzter Satz übrigens, dann: ›Ich liebe Dich‹, für einen vorgefertigten Satz sehr originell, ich geb's zu, und schließlich auch ›Bitte darum, unseren Termin zu verschieben‹. Das wollte ich eigentlich. Ich habe mich in der Zeile vertippt.«

»Schade«, sagte Irene langsam, »es hat sich sehr schön gelesen.«

»Hm«, es war einen kurzen Moment still. »Es berührt mich seltsam, wenn Sie so etwas sagen. Aber es stimmt natürlich schon. Es ist der schönste Satz … wenn er stimmt …«

»Wenn er stimmt?« fragte sie nach; er hatte irgendwie nachdenklich geklungen.

»Kann ja auch nur so dahergesagt sein, aus gewissen Gründen. Ich liebe dich, weil …«

»… weil?«

»… weil du viel Geld hast, weil du gut aussiehst, weil du so einen schönen Körper hast, weil dich alle anderen so toll finden, weil, weil, weil eben.«

Irene dachte nach.

»Schlicht, weil ich dich liebe, nicht?«

»Schön wär's!«

»Das hört sich irgendwie nicht besonders gut an!«

»Ich bin frisch geschieden.«

»Ach«, Irene überlegte. »Das tut mir leid. Oder – soll es mir überhaupt leid tun? Ich meine, wollten Sie geschieden werden?«

»Hm. Von ihrer Seite aus war es eine Nutzehe, hat sich jetzt herausgestellt. Ich habe an ihre Liebe geglaubt und es ausgenutzt. So war ich auch nicht besser. Jetzt haben wir die Konsequenz gezogen.«

»Tja.«

»Es ist deswegen kein bißchen besser.«

»Nein?«

»Nein. Sie hat die Kinder mitgenommen, und ich sitze jetzt alleine hier!«

»Ich bin auch alleine. Man gewöhnt sich daran!«

»Ja?«

»Ja!«

»Ich nicht. Ich glaube, Frauen sind fürs Alleinleben besser geeignet. Ich fühle mich schlecht. Ich habe mein ganzes Leben noch keine Sekunde lang alleine gelebt. Und ohne die Kinder ist es noch schlimmer!«

Die Fröhlichkeit in seiner Stimme war einem traurigen Unterton gewichen. Irene fand, daß er sich geradezu verzweifelt anhörte.

»Wie packen es denn die Kinder?«

»Sie sind sieben und zehn. Eigentlich ganz gut. Wir haben versucht, ihnen gegenüber offen zu sein. Das nächste Wochenende verbringe ich mit ihnen und den nächsten Urlaub auch. Trotzdem. Ich fühle mich wie auseinandergeschnitten. Eine Hälfte freut sich über das unbeschwerte neue Leben, die andere ist maßlos traurig und enttäuscht darüber, daß die Zeit mit ihr nur eine Illusion war.«

»War sie nicht. Sie haben Kinder, das ist Realität. Keine Illusion!«

Er seufzte.

»Und es ist zu packen. Mein Nachbar ist auch frisch geschieden und kriegt's auf die Reihe. Ich denke, Sie müssen die Situation nur annehmen, dann findet sich auch ein Weg.«

Er seufzte erneut.

»Mag sein, daß Sie recht haben.«

Er schwieg, und als er wieder sprach, hörte sich seine Stimme aufgeräumter an.

»Und überhaupt – was erzähle ich Ihnen da eigentlich. Ich möchte Sie wirklich nicht mit diesem Kram belasten. Noch dazu, wo wir uns überhaupt nicht kennen.«

»Sie belasten mich nicht, und vielleicht ist das ja der Grund.«

»Der Grund?«

»Ja, weil wir uns nicht kennen, erzählen Sie mir das alles. Würden wir uns kennen, hielten wir wahrscheinlich Small talk. Konversation übers Wetter oder die Nachbarn oder so.«

Er lachte. »Mag schon sein.«

Es war kurz still.

»Trotzdem ist dies kein Grund, Sie nicht kennenzulernen. Oder vielleicht gerade!«

»Hm.«

Irene wanderte mit ihrem Handy zum Fenster und schaute hinaus.

»Die Entfernung dürfte möglicherweise ein Problem sein«, sagte sie.

Sie hörte einen warmen, zustimmenden Ton, eine Mischung aus einem kleinen Lachen und einem leichten Seufzer.

»Von wo aus rufen Sie denn an?« wollte er dann wissen.

»Ich lebe in München«, sagte sie und hielt den Atem an.

»Ich auch …«, sein Ton klang ungläubig, dann lachte er. »So ein Zufall!«

»Tatsächlich«, sie lachte ebenfalls. »Da wäre ein Lokalgespräch übers Festnetz weiß Gott angebrachter.«

»So hätten wir uns aber nicht kennengelernt!«

»Stimmt!«

Irene hatte sich immer gegen ein Handy gesträubt, aber ihre Freunde hatten ihr zum letzten Geburtstag einfach eines geschenkt. Und wie es ihre Art war, befaßte sie sich damit, lernte alle Funktionen, allerdings ohne große Hoffnung, dadurch mehr Anrufe zu bekommen. Ihr Telefon schwieg manchmal tagelang, was sollte ein Handy daran ändern.

»Haben Sie gerade etwas zu tun?«

Seine Stimme klang unternehmungslustig.

»Nichts Wesentliches.«

Sie schaute auf ihre Armbanduhr. Drei Uhr am Nachmittag, der Tag war noch unendlich lang.

»Haben Sie es weit bis zum Literaturhaus? Kennen Sie es überhaupt?«

Irene fühlte ihr Herz schneller schlagen. »Nein, das heißt, ja. Ja, ich kenne es, und nein, ich habe es nicht weit!«

»Wollen wir uns um vier Uhr dort treffen? Ich werde einen Tisch draußen reservieren, etwas früher kommen und einen Strauß bunter Sommerblumen vor mir auf dem Tisch liegen haben. Was halten Sie davon?«

»Das ist eine wunderbare Idee!«

Als Irene eine Stunde später zum Literaturhaus ging, hatte sie sich ein feines Sommerkleid angezogen, dazu kecke rote Schuhe, einen leichten Sommerhut und eine Handtasche.

Sie überlegte sich, ob sie ihm vielleicht hätte sagen sollen, daß sie im Herbst achtzig Jahre alt wird. Aber sie genoß dieses Abenteuer, und sie war nicht dafür, Menschen am Alter zu messen. Seine Stimme hatte jung geklungen, sie schätzte ihn auf vierzig. Aber auch ihre Stimme klang unverhältnismäßig jung, das wurde ihr immer wieder bestätigt.

Möglicherweise erwartete er jetzt eine rassige Dreißigjährige und würde enttäuscht sein. Sie ließ sich durch diese Aussicht aber nicht ihre Stimmung verderben. Es konnte immerhin ja auch so sein, daß er wie vierzig klang und bereits neunzig war. Ein Siebzigjähriger hätte ihr zwar eher zugesagt, aber sie wollte sich jetzt keine unnützen Gedanken machen. Es kam sowieso, wie es kam.

Leichtfüßig überquerte sie die Straße und musterte dabei die Tische. Sie sah ihn sitzen, ihr Adrenalinspiegel schoß nach oben. Den Rücken zu ihr, die Blumen auf dem Tisch. Das war er. Er war nicht grauhaarig, er war dunkelbraun, hatte kurze, volle Haare und ein breites Kreuz in einem leichten hellgrauen Jackett.

»Ich bin Irene Winter«, stellte sie sich ihm von der Seite aus vor.

Er drehte sich zu ihr um und stand dabei auf. »Und ich Helmut Jodicke!«

»Mein Nachbar!«

Sie schauten sich an, drückten sich die Hände und lachten beide gleichzeitig los.

»Endlich lernen wir uns mal kennen«, sagte er schließlich und rückte einen Stuhl zurecht. »Das ist mehr als verrückt!« Er schüttelte den Kopf. »Ich denke, wir haben uns viel zu erzählen!«

Surfen

Surfen und chatten löst die Schmusewelle ab. Ob Macho oder Mimose, übers Internet findet jeder die Richtige, die sich per Klick auszieht. Keine Anmache, keine Abfuhr, keine Verhütung. Katholisch sauber, welche Freude für den Papst. Auch Gespräche funktionieren so. Stundenlang kann man sich austauschen, ohne den anderen je ansehen zu müssen, ja, ganze Kontaktbörsen lösen den alten »blind-date« ab. Jungs, die seit Monaten keine echte Freundin mehr hatten, Mädels, denen der visuelle Austausch genügt, scheinen keine Seltenheit mehr zu sein. Auch eine Lösung, muß man verstehen, so erledigt sich das Menschheitsproblem früher oder später von selbst. Und wo es sich trotz allem nicht durch Abstinenz lösen läßt, da helfen die Menschen freudvoll nach. Bruderkrieg in Jugoslawien, heute noch Freund, morgen Feind, heute trinke ich mit dir, morgen vergewaltige ich deine Frau. Ja, wir sind recht weit gekommen. Wir bescheinen die Erde mit einem künstlichen Mond, als ob wir alles sehen müßten, was sich da so tut. Besser nicht, könnte einem den letzten Schlaf rauben.

KLEINE AUFKLÄRUNG

Er rief mich an und fragte mich, warum Männer so anders seien als Frauen. Ich sagte ihm, daß dies wahrscheinlich eine Schlüsselfrage sei, denn allein auf dem Wissen oder der Vermutung, daß wir anders seien, basierten doch all die Verhaltensmuster, Riten, Ängste, Vorurteile und Schuldzuweisungen. Und er sagte mir, daß er im falschen Körper geboren sei, eigentlich wie eine Frau fühle und auch eine sein wolle. Ich überlegte mir, was uns eigentlich als Frauen auszeichnet. Gehen wir mit Liebe anders um, mit Macht, mit Demütigung, mit Schmerz?

Es gibt Lämmer, die alles ertragen, die sich selbst verleugnen und ihr Leben im Schatten eines anderen zubringen, weil er stärker ist. Das ist geschlechtsunabhängig. Kriecher gibt es in der männlichen Abteilung, weil sie sich etwas davon versprechen, und es gibt sie aus demselben Grund in der weiblichen Abteilung.

Rudelführer, die aus irgendwelchen Gründen aufgestiegen sind, sei es durch Protektion, Nachrücken oder Eigenleistung, werden oft zu Hyänen. Sie wollen weiterkommen und sondieren, ob sie nach oben dukken oder sägen müssen. Außerdem wollen sie neben und unter sich keine Konkurrenz, das bedeutet wachsam sein und nach unten losschlagen.

Diese Form der Duck- und Beißhierarchie ist im männlichen Lager stärker vertreten als im weiblichen, schon aus dem einfachen Grund, weil die männliche Spezies nicht immer gern unter einem weiblichen Alpha-Wolf dient und deshalb von vornherein nach geeigneten Geschlechtsgenossen Ausschau hält. Dabei zeigt das Tierreich, daß die Weibchen oftmals die Kämpfer sind. Wer zeugt, tut sich groß, doch wer den Nachwuchs pflegt, wird brandgefährlich. Ob Löwin oder Gänse, ob Nashornweibchen oder Eselin, wer den Jungen in böser Absicht oder auch einfach nur unbedarft zu nahe kommt, wird angegriffen.

Vielleicht setzen wir unsere Energie aus verschiedenen Anlässen ein. Der eine zum Schutz, der andere zum Angriff. Möglicherweise wäre es der gemeinsame Weg, mehr zu schützen und weniger zu schlagen. Aber solange es politische und religiöse Führer gibt, die aus

Individualisten Lemminge machen und deren bedingungslose Glaubens- und Kampfbereitschaft bis zum Untergang ausnutzen, wird der Wunsch Utopie bleiben. Es sei denn, man beißt die da oben weg. Und damit rücken wieder andere nach.

Wer an der Macht ist, mißbraucht sie. Wer Macht kennengelernt hat, klebt daran, klammert, möchte sie nicht aufgeben und wehrt sich bis zuletzt. Manche existieren durch das, was sie erreicht haben, nicht durch das, was sie sind. Nimm ihnen ihre Stellung, und sie sacken in sich zusammen, verlieren ihre Persönlichkeit, fallen in ein tiefes Loch. So ist es wohl nicht die Frage, ob männlich oder weiblich, sondern nur die Frage, wie sehr man sich mit dem identifiziert, was man darstellt. Wie sehr man dafür kämpft, nach außen hin erfolgreich, mächtig, einflußreich zu sein, und was einem ein Firmenparkplatz in den vorderen Rängen letztendlich wert ist. Wer darüber den Menschen aufgibt, ist schon tot. Egal, ob männlich oder weiblich. So sagte ich meinem Anrufer, daß er getrost Mann bleiben soll. Frauen sind auch nicht besser.

Tschüs!

Wir haben uns von einem Jahrtausend der Kultur, des Forschens und des Strebens verabschiedet und gleiten hinüber in eine Zukunft der Technik, des Fortschritts und des Wollens. Was wir uns selbst nicht mehr geben können, wollen wir von anderen: Achtung, Liebe, Sicherheit, wenn nötig mit Gewalt. Die »No-future-Generation« nannte sich die Generation der neunziger Jahre. »Peace« war dagegen das Schlagwort der siebziger Jahre und: »Make love, not war«. Was daraus geworden ist? »Love« findet sich genügend im Internet und »War« abends am Bildschirm bei Bier und Pizza. Im übrigen kaum anders als vor zweitausend Jahren, als sich die Schaulustigen in den Arenen bei Brot und Wein ansahen, wie Menschen von Löwen zerfetzt wurden.

SECHS SCHWESTERN UND EIN GEHEIMNIS

Seit Tagen tat unsere große Schwester so geheimnisvoll, daß uns das erheblich auf die Nerven zu gehen
begann. Wenn wir sie fragten, was eigentlich los sei,
meinte sie nur, daß wir dazu noch zu klein seien. Das
ärgerte uns noch mehr. Sie brauchte nicht so anzu-
geben, nur weil sie schon vierzehn war. Anna war
schließlich nur ein Jahr jünger als sie, und ich war
immerhin auch schon fast zwölf.

Die wirklich Kleinen waren Martha, Sophie und
Clara, sie waren erst elf, neun und sechs. Daß Clara,
das Nesthäkchen, bei so manchem nicht mitreden
konnte, war klar. Aber uns gegenüber war es eine
Frechheit. Anna und ich beschlossen, ihrem Geheimnis auf die Spur zu kommen. Es konnte eigentlich
nicht weiter schwierig sein, denn wir Großen schliefen

zu viert in einem Zimmer, und es gab nichts, was man lange Zeit voreinander verheimlichen konnte.

Doch dann merkten wir, daß Heidi selbst viel zu aufgeregt war, um das Geheimnis lange für sich behalten zu können. Eigentlich platzte sie vor Mitteilungsbedürfnis. Und so kündigte sie an, uns demnächst in eine sensationelle Enthüllung einweihen zu wollen. Falls wir uns einer solchen Offenbarung würdig erweisen sollten. Was nichts anderes hieß, als daß sie von unserer abendlichen Apfelration etwas abhaben wollte. Wir mußten flüstern, denn wir lagen bereits in unseren Stockbetten – viel zu früh, wie wir fanden, aber unsere Eltern zeigten sich in diesem Punkt nicht einsichtig.

Um sechs Uhr, pünktlich zur Abendmesse, hieß es zu Hause zu sein, und wer sich nicht daran hielt, wurde von Vater empfangen. Er stand, kaum daß der letzte Glockenschlag der gegenüberliegenden Kirche verklungen war, mit dem Stock hinter der Tür. Dabei machte er keinen Unterschied, ob man mit vierzehn diese Geste unwürdig fand oder nicht. Kurz nach sechs saßen dann alle mit frisch gewaschenen Händen und gebürsteten Haaren am Eßtisch.

Für Mutter war es nicht leicht, jeden Tag etwas auf den Tisch zu bringen, der Erste Weltkrieg war noch nicht lange vorbei, Arbeit und Brot waren rar, die Straßen voller Kriegsveteranen, die zu Bettlern geworden waren. Unsere Mutter schaffte es, jedem noch so armseligen Mann, der an unserer Haustür klingelte, eine kleine Mahlzeit zu geben, obwohl unser Vater selbst arbeitslos war.

Aber unsere Mutter war gläubig, und sie dankte vor jedem Abendessen in einem Gebet unserem lieben Gott für das tägliche Brot, selbst wenn keines da war und wir uns von Kartoffelschalen ernährten. Wir hatten zwar ständig Hunger, aber wir fanden nichts dabei, und wir waren glücklich.

Mutter stopfte und flickte unermüdlich unsere Sachen, vor allem die, die schon von den älteren Geschwistern getragen und auf die jüngeren vererbt worden waren, und wir fanden in jedem Ding ein Spielzeug. Ob eine Kastanie oder eine rostige alte Dose – mit ein paar Handgriffen wurden eine Puppe und ihr Heim daraus. Langeweile, nein, die kannten wir nicht – einer von uns fiel immer etwas ein, schließlich waren wir zu sechst.

So war eigentlich auch von vornherein klar, daß Heidi ihr Geheimnis auf Dauer nicht hinterm Berg halten konnte. Und tatsächlich, als wir, Heidi, Anna und ich, die drei Ältesten, zufällig alleine in unserem Zimmer waren, konnte sie es nicht mehr für sich behalten – obwohl bislang keinerlei Bestechungsversuch unsererseits erfolgt war.

»Habt ihr euch schon einmal überlegt, wie Papa aussieht?« fragte sie wichtigtuerisch und warf ihre beiden Zöpfe zurück.

Ich fand die Frage doof. »Papa hat einen Bart«, sagte ich lakonisch.

»Quatsch!« Sie schaute mich an, als ob ich nicht mehr alle richtig stehen hätte. »Unten herum, meine ich!«

»Unten herum?«

Ich überlegte. Heidis Augen blitzten, als sie unter ihrer Bettdecke ein dickes, abgegriffenes Buch herauszog und uns triumphierend vor die Füße warf. Wir setzten uns schnell darum herum, Heidi mit dem Rücken zu Tür, um sie notfalls zuzudrücken.

Jetzt wurde es wirklich spannend. Ein Buch, dazu noch ein in Leder gebundenes, war eine Rarität.

»Wo hast du das denn her?« fragte Anna mißtrauisch. Sie war der Angsthase in der Familie.

»Aus Vaters Bücherregal«, flüsterte Heidi und blinzelte verschwörerisch.

Mich traf fast der Schlag. Aus Vaters Bücherregal! Eine Todsünde. Wir würden es nächsten Sonntag beichten müssen – falls wir dann überhaupt noch lebten!

»Wenn er das merkt!« hauchte ich atemlos.

»Wird er schon nicht«, entgegnete Heidi leichthin.

Ich bewunderte sie, sie war wirklich mutig. Sie überkreuzte ihre nackten Beine, so daß sie das Buch bequem vor sich aufblättern konnte. Ich betrachtete sie. So wie sie mit ihren braungebrannten, völlig verschrammten Beinen und dem entschlossenen Blick vor mir saß, wirkte sie trotz ihres leichten Schürzenkleides und der nußbraunen langen Zöpfe eher wie ein Junge denn wie ein Mädchen. Ihre Wangen glühten, als sie das schwere Buch aufschlug.

»Was ist denn jetzt mit Vater unten herum?« wollte ich wissen.

Was sollte damit schon sein, sagte ich mir, aber ich wollte nicht unwissend erscheinen oder gar zu jung. Schließlich saß ich im Kreis der Älteren.

Mit einem gezielten Griff, offenbar hatte sie es geübt, schlug Heidi das Buch an der Stelle auf, die ihr so sensationell erschien. Wir beugten uns atemlos darüber. Das Bild zeigte einen Menschen. Nein, exakter, einen aufgeschnittenen Menschen. Mir wurde fast schlecht.

»Was soll daran toll sein?« fragte ich.

»Was für ein Buch ist das überhaupt?« wollte Anna wissen.

»Ein Medizinbuch«, gab Heidi preis. »Das ist ein Mann!«

Sie tippte mit dem Finger auf die Seite. Ich konnte

keinen Unterschied erkennen. Um ehrlich zu sein: Ich konnte überhaupt nichts erkennen außer roten, langen Strängen, ekligen braunen Gedärmen und gezeichneten Knochen. Ein Knochenmann mit Fleisch dran.

»Ein Mann ist anders gebaut als eine Frau!« setzte Heidi jetzt hinzu, weil unsere langen Gesichter sie offensichtlich um den erhofften Beifall brachten.

»Er hat keinen Busen, das weiß ich schon!« Ich zuckte die Schultern.

Und deshalb hatte sie über Tage hinweg so wichtig getan. So ein blödes Geheimnis!

»Du Küken!« Heidi warf mir einen vernichtenden Blick zu. »Hier meine ich!«

Sie zeigte bedeutsam auf ihr Kleid, genau auf die Stelle, wo sich ihre Beine vereinigten.

Jetzt wurde es schon interessanter. Daß da etwas anderes sein mußte, darüber hatte ich noch nicht nachgedacht, aber eigentlich war es ja klar. Bei Hunden und Katzen war das ja auch anders. Aber Vater? Jetzt beugte ich mich doch interessiert über das Buch und musterte die Stelle. Nichts war zu sehen. Dieses Anderssein war entweder vom Zeichner unterschlagen worden, oder Heidi schwindelte, um sich aufzuspielen. Sähe ihr ähnlich.

»Da ist nichts zu sehen!« stellte jetzt auch Anna sachlich fest.

Sie hatte ihre geflochtenen Haare zu einem Kranz um ihren Kopf geschlungen, so daß nicht zu übersehen war, wie ihre Ohren glühten. Stimmt, aufregend war das schon. Wahrscheinlich hatte auch ich die Farbe gewechselt.

»Das dagegen ist eine Frau!«

Heidi blätterte rasch um. Wir beugten uns so schnell darüber, daß unsere Köpfe über dem Buch zusammenstießen. Der Busen war zu sehen. Rote Striemen durchfurchten die leichte Anhebung, die der Zeichner seinem Werk zugebilligt hatte. Unten war nichts. Klar, bei uns war da ja auch nicht viel zu sehen. Ratlos schauten Anna und ich unsere große Schwester an.

»Und jetzt?« fragte ich.

»Ist das nicht toll?« hielt sie dagegen.

»Nein!« fand ich.

»Wenn's da bei Vater was zu sehen gibt, sollten wir vielleicht auch bei ihm nachschauen …«, schlug Anna vor.

Mir stockte der Atem. Alleine der Gedanke daran führte garantiert direkt ins Fegefeuer. Da würde jede Beichte zu spät kommen.

Wir schwiegen eine Weile und schauten uns an. Das Getrampel auf der anderen Seite der Tür schreckte uns auf. Unsere kleinen Schwestern waren im Anmarsch.

Heidi schlug das Buch zu, sprang auf und versteckte es eiligst unter ihrer Bettdecke. Keine Sekunde zu früh, schon wurde die Tür aufgerissen, Martha stand im Türrahmen.

»Was macht ihr denn?« Sophie und Clara versuchten an ihr vorbei in das Zimmer zu spähen.

»Ihr habt das Geheimnis besprochen!« Ungläubig starrte Martha uns an. »Ohne uns!«

»Ohne uns«, echoten die Kleinen.

»Ihr seid so gemein!« Sie war den Tränen nahe.

Ich spürte, daß die Katastrophe ihren Anfang nahm. Sie würde direkt nach unten laufen und Mutter alles verpetzen, und Mutter würde in der nächsten Sekunde das Buch finden. Nicht auszumalen, was dann passieren würde.

Heidi schien das gleiche zu denken, denn sie versuchte sofort, Martha zu beschwichtigen. »Es liegt doch nicht an dir«, sagte sie mit einem bezeichnenden Augenrollen und einer schnellen Kopfbewegung zu den Kleinen hin.

Das beruhigte Martha aber nicht wirklich. Sie zog die zwei Kleinen herein, schloß die Tür und blieb mit dem Rücken gegen den Türrahmen gelehnt stehen. Irgendwie sah sie aus wie eine Katze auf dem Sprung.

»Sophie und Clara sind noch zu klein dafür«, versuchte ich ihr wispernd klarzumachen.

Aber Clara kreischte sofort: »Wofür sind wir noch zu klein? Wir sind nicht zu klein!«

»Wir haben ein medizinisches Buch, in dem gezeichnet ist, wie ein Mann aussieht«, gestand Heidi endlich mit einem Seitenblick auf die Kleinen, als seien das die gegnerischen Anwälte.

»Und?« fragte Martha und kratzte sich mit ihrem bloßen linken Fuß am rechten Schienbein.

»Man sieht nichts!« sagte ich.

Sie schaute mich an, ihr Stupsnäschen rümpfte sich ein wenig. »Was soll man denn sehen?«

»Wissen wir eben auch nicht«, antwortete Anna. »Aber irgendwas soll an Männern anders sein als an Frauen.« Sie stockte. »Untenrum«, setzte sie dann erklärend nach.

Martha sagte erst nichts. Dann kratzte sie sich mit den rechten Zehen ausgiebigst das linke Bein.

Schließlich meinte sie: »Und warum schauen wir dann nicht nach?«

Alle waren ruhig. Die Kleinen, weil sie es nicht verstanden, und wir, weil es uns den Atem verschlug. Unsere Martha, die im Religionsunterricht und in der Bibelkunde jede Menge Fleißkärtchen einsammelt, erklärte uns, wir sollten einfach nachschauen. Sie stand Anna in nichts nach!

»Ja, wie denn?« wollte ich wissen.

»Jetzt! Er schläft doch«, sagte sie in einem Ton, als ginge es darum, einen Apfel aus dem Keller zu holen. Aber sie hatte recht. Um diese Zeit hielt unser Vater immer seinen Mittagsschlaf. Es war eine Gelegenheit.

»Und wie?« wollte ich wissen.

»Wir schauen unter sein Nachthemd!«

Mich schauderte. Es war ungeheuerlich. Und zudem ungeheuerlich faszinierend. Unserem Vater unter das Nachthemd zu schauen, das war mörderisch.

»Und Mutter?«

»Ist bei Frau Oberstudienrat Kleinhofen, die Wäsche machen.«

Die Gelegenheit war günstig, keine Frage. Ohne groß weiter darüber nachzudenken, stellten wir uns im Gänsemarsch auf.

»Wer hebt die Bettdecke?« wollte Anna wissen.

»Ich«, sagte Martha.

»Und wer das Nachthemd?«

Keine meldete sich.

»Ich«, sagte schließlich Heidi.

Sie konnte vor Martha, die schließlich drei Jahre jünger war als sie, schwerlich zurückstehen, ohne auf lange Sicht ihre Führungsrolle einzubüßen.

»Und ihr müßt mucksmäuschenstill sein«, bleute ich Sophie und Clara ein, zweifelte aber gleichzeitig an dem Erfolg dieser Ermahnung.

Wir schlichen los. Barfüßig, wie wir alle waren, raschelten nur unsere Kleider leicht. Heidi ging voran. Vor dem Schlafzimmer unserer Eltern, einem Heiligtum, das bis zu diesem Zeitpunkt keine von uns ohne ausdrückliche Aufforderung zu betreten wagte, blieben wir nochmals stehen und schauten uns an.

»Keinen Mucks«, warnte Heidi nochmals, bevor sie die eiserne Türklinge vorsichtig hinunterdrückte.

Sie knarrte. Wir hielten den Atem an, doch nichts rührte sich. Heidi drückte sie ganz hinunter und schob die Tür langsam auf. Sie schleifte ein bißchen auf den Bretterbohlen des Fußbodens, aber es war nur ein kaum wahrzunehmendes Geräusch. Wir standen wie angewurzelt und starrten auf das Bett.

Tatsächlich, vor uns lag unser Vater. Er war nur mit einer leichten Sommerdecke zugedeckt, das würde unser Unternehmen erleichtern. Trotzdem traute sich keine näher. Irgendwie sah er furchterregend aus mit seinem weißen Schnurrbartschoner, den er sich vor das Gesicht gebunden hatte. Wir standen eine Weile, bis sich Martha ganz sichtbar einen Ruck gab und an Heidi vorbei das Zimmer betrat.

Wenn er jetzt die Augen öffnet, dachte ich voll Schrecken, und ich fixierte, um mich abzulenken, das Muttergottesbild über dem Bett. Und dann fiel mir ein, daß sie bei dieser unheiligen Tat zuschauen würde, die Heilige Mutter mit dem Jesuskindlein im Arm. Ich schaute schnell weg und sah, wie Martha ganz vorsichtig die Decke im unteren Bereich unseres Vaters hochhob. Mir wurde ganz schlecht vor Angst. Aber da war noch das gestärkte lange Nachthemd.

Heidi trat vor und streckte die Hand aus. Sie zippelte und zog, wir alle schauten gebannt zu, selbst den Kleinen war der Kiefer heruntergeklappt. Da entfuhr Vater plötzlich ein lauter Schnarchton. Martha zog erschrocken die Hand zurück, und wir starrten ihn wie gebannt an. Aber er wachte nicht auf. Er drehte sich im Schlaf ein bißchen, was uns gelegen kam, denn es geschah in unsere Richtung.

Martha ging vor dem Bett in die Hocke und begann unverfroren sein langes Nachthemd von unten her aufzuknöpfen. Es war natürlich genial, denn so mußte sie nicht am Stoff zerren. Wir anderen standen da wie angewachsen. Die Geschicklichkeit hatte sie von unserer Mutter geerbt, die eine Meisterin in Handarbeiten war. Jetzt kam es uns zugute. Wir beugten uns erwartungsvoll vor.

Gleich kam die Stelle, gleich würden wir wissen, was an Vater unten herum so anders sein sollte als an uns. Martha knöpfte den entscheidenden Knopf auf, hielt den Stoff auseinander, fuhr aber zurück, als Vater wiederum einen lauten Ton von sich gab und sich schlaftrunken etwas aufrichtete. Wir standen wie zu Salzsäulen erstarrt, keine regte sich. Er ließ sich sinken, drehte Martha mit einem Ruck den Rücken zu und schlief weiter. Mit weichen Knien schlichen wir hinaus und zogen die Tür möglichst leise hinter uns zu. Dann sausten wir zurück in unser Zimmer.

»Jetzt, was hast du gesehen?« überfielen wir Martha, die uns völlig ausdruckslos ansah.

»Keine Ahnung, was das war«, sagte sie schließlich ratlos.

»Wie sah's denn aus?« wollte Heidi wissen.

»Irgendwie …«, und sie wurde rot, »irgendwie seltsam. Wie ein gekrümmter Wurm.«

Wir schauten sie an. Sie log uns was vor. War Vater krank? Ein gekrümmter Wurm? Da, an dieser Stelle? Entsetzlich!

»Mutter wird's nicht mögen!« sagte ich bestimmt.

Und meine fünf Schwestern nickten mir bestätigend zu.

Pferde

Was haben Pferde, was Männer nicht haben? Mit diesem Satz wollte ich einmal ein Pferdebuch anfangen, das ich dann aus Zeitmangel allerdings nie geschrieben habe. Interessant waren für mich jedoch die Reaktionen. »Ist doch klar«, sagten die Männer, rein auf die physischen Merkmale der Hengste bezogen. »Ist doch klar«, sagten die Frauen und machten keinen Unterschied zwischen Stuten und Wallachen, Braunen, Schimmeln und Rappen. Hier ging es einfach um etwas anderes. Dieses Beschränken auf – für Frauen oft unwesentliche – Details und gleichzeitig das Messen und Aufrechnen eben solcher Details untereinander ist eine männliche Denkweise, die mir immer wieder auffiel und die mich letztlich auch zu meinen Büchern inspirierte. Je nachdem, wie Männer damit umgehen, finde ich es lästig, manchmal lächerlich, und zwischendurch amüsiert es mich auch nur, als ob die Länge das Maß aller Dinge sei.

DER LIEBESBRIEF

Ich muß es dir einfach schreiben, Thommy, denn meine Gefühle gehen mit mir durch, so sehr liebe ich dich! Ich bin heute nacht aufgewacht und konnte nicht mehr einschlafen. Mein Herz schlug wie verrückt, ich schaute auf die Uhr, und es war 4.45 Uhr. 4.45 Uhr an einem gewöhnlichen Montagmorgen. Ich roch dich noch neben mir, ich sah deinen Abdruck im Kissen, ich strich über das leere Bettlaken, und plötzlich war es mir klar wie nie zuvor: Ich liebe dich, ich liebe dich, ich liebe dich! Nicht einfach so, weil der Sex schön ist mit dir, weil ich mich neben und mit dir wohl fühle wie mit keinem anderen vor dir, nicht nur, weil mir deine Küsse schmecken, dein Lachen gefällt und deine Stimme mich erotisiert, nein, auch weil du denkst wie ich. Und weil du aussiehst, wie du aussehen mußt. Ich sehe dich vor mir, sobald ich die Augen schließe, ich rieche dich, sobald ich an dich denke, und ich höre dich, sobald Stille einkehrt. Und ich kann dich spüren, an jeder Stelle meines Körpers. Ich weiß, wie es sich anfühlt, wenn du mir den Rücken hinauf und hinunter streichelst, wenn du mir den Nacken küßt und mir dabei in die feinen Härchen am Haaransatz bläst, ich weiß, wie es sich anfühlt, wenn du meine Schenkel und mich berührst. Es ist der Wechsel, der dich ausmacht, dein Gespür für das Jetzt und Hier, für die Stimmung, die Leidenschaft, die Liebe. Du schaffst es, mich zum Weinen und zum Lachen zu bringen, aber du weinst und lachst mit, und das ist es, was ich an dir liebe. Du bist fordernd und gebend, du schenkst, und du nimmst, du überschüttest und verweigerst, du bist wechselhaft. Ja, wechselhaft. Das stimmt. Manchmal weiß ich nicht, wie ich mit dir dran bin. Eine Kleinigkeit, und deine Stimmung platzt. So wie der Ballon, den du neulich meiner kleinen Nichte zerstochen hast, weil sie dich mit ihrem Geplapper nervte. Sie weinte jämmerlich, aber es berührte dich nicht. Zum allerersten Mal bekam ich das Gefühl von Kälte, aber du hast mir über das Gesicht gewischt, und ich habe dir vertraut. Bis du kurz danach diesen Igel überfahren hast. Ich wäre ausgewichen, du hast nicht einmal angehalten, um nachzuschauen, ob er noch lebte. Es sei zu gefährlich, Tieren auf der Fahrbahn auszuweichen, hast du erklärt. Sie gehörten da nicht hin, hätten dort nichts zu suchen und seien nur Unfallverursacher. Es fiel mir nicht leicht, in jener Nacht mit dir zu schlafen, ich sag's dir jetzt, weil ich es damals nicht sagte. Ich wollte nichts zerstören, denn du warst mir wichtiger als alle Igel und roten Luftballons der Welt. Ich habe mich einfach auf mich selbst konzentriert und alle Gedanken beiseite gewischt, und so verschwand auch der Igel im Kerzenlicht. Ja, damals war dir meine Romantik noch lieb. Im Mondschein hast du mir ins Ohr geflüstert, wie begehrenswert du mich fändest, ich weiß es noch genau. Wir standen an diesem kleinen See, und der Vollmond stand riesig groß und glutrot hinter dir, und ich war davon überzeugt, daß dies ein Zeichen sei. Ein himmlisches Zeichen dafür, daß du der Richtige für mich bist. Endlich der Mann meines Lebens, meiner Träume. Daß du mir dann gleich darauf in der kleinen Kapelle am Seeufer deine Liebe beweisen mußtest, fand ich zwar etwas zuviel, aber es lag ja ein Segen darauf. Liebe ist göttlich, dachte ich mir, was könnte stärker sein als Liebe. Aber wenn ich jetzt darüber nachdenke, war es eigentlich geschmacklos. Überhaupt, daß du dir immer Plätze aussuchen mußtest, die irgendwie seltsam sind. Was hat das Neonlicht einer öffentlichen Toilette so Erotisches? Oder die Bushaltestelle im strömenden Regen? Hättest dem Kerl damals auch nicht gleich eines auf die Nase geben müssen, nur weil er fragte, ob er sich ebenfalls unterstellen dürfte. Er war ja nur ein Suchender und konnte weiß Gott nicht ahnen, daß er dir die Rolle des Gebenden vermieste.Und daß du deshalb auf mich sauer warst, war auch nicht richtig. Schließlich hatte er kein Taschentuch dabei, um das Blut abzutupfen. Ich finde, für das, wie er aussah, war er noch äußerst zuvorkommend. Immerhin hat er mir das Taschentuch dann auch wieder zurückgegeben. Aber du hast dich kaum noch eingekriegt. Vor allem gegen mich. War es jene Nacht, als du mich plötzlich verlassen und später von sonstwo angerufen hast? Ich dachte, du müßtest einmal ganz alleine für dich über deinen Jähzorn und deine Stimmungsschwankungen nachdenken, aber jetzt glaube ich eher, du warst bei einer anderen Frau. Hast du ihr auch den Nacken geküßt und dann die feuchte Stelle angepustet, bis sich die feinen Härchen aufstellten? Hast du ihr auch die Schenkel geküßt und später die Augen geschlossen, als seist du ins Himmelreich eingetaucht? Und vor ein paar Tagen, dieser Anruf nach Mitternacht, als du behauptet hast, es habe sich jemand verwählt – war das sie? Hat sie um deine Liebe gefleht? Oder dich beschimpft, weil du sie belogen hast? Waren deine Tränen jemals echt? Damals, als dein Opi starb, bei dem du immerhin aufgewachsen bist, und du am Sarg gespart hast, um dein Erbe nicht zu schmälern, und die Musik nur vom Band kam, hast du diesen Menschen tatsächlich geliebt? Kannst du überhaupt lieben? Liebst du beispielsweise mich? Wo bist du dann um 4.45 Uhr? Dein Laken ist noch warm, und du hast mir gesagt, du müßtest auf den Frühzug nach Hannover. Oder bist du nur einige Straßen weitergefahren? Dein Hemd roch gestern abend nach einem fremden Parfüm, und deine Zunge war gespalten – du hast mit mir gesprochen, doch durch mich hindurchgeschaut. Du hast mich berührt, mit mir geschlafen, deine Augen geschlossen, doch du warst nicht du. Und ich bin nicht mehr ich, zumindest nicht mehr die, die ich war. Im Moment wache ich auf, und ich sage dir jetzt was, Thommy Kralle, bleib, wo der Pfeffer wächst, und laß dich hier bloß nie mehr blicken! Oder kurz, für Gefühlsneurotiker: Verpiß dich, Thommy, es ist vorbei!

STATT EINES NACHWORTS:
NUR EIN TOTER MANN ...?

Meine Erfahrungen mit toten Männern sind – zugegebenermaßen – begrenzt. Ich würde jetzt natürlich
herzlich gern aus dem Nähkästchen plaudern und
zugeben, daß in meinem Keller diejenigen liegen, die
im Leben nicht gut oder nicht gut genug waren. *Nicht
gut* im Sinne von unbrauchbar oder gar schädlich
für Mitmenschen, Umwelt und Tiere. Und nicht gut
genug im Sinne von *nicht gut genug*. Welche Frau
kennt das nicht. Nichts schlimmer als die Kerle, die
sich das Prädikat »Supermax« umhängen und dann
nichts taugen. Ab in den Keller.

Trotzdem gestehe ich ein, daß es natürlich auch
Typen gibt, die man niemals unter Tage abkomman-
dieren würde, selbst wenn sie ihrem »Supermax-Eti-
kett« nicht entsprechen sollten. Bill Clinton ist so

einer, den sieht man gern lebendig, weil er so erstaunlich unterhaltsam war. Oder Gerhard Schröder, weil man einfach höllisch gespannt ist, wie's weitergeht. Oder auch Peter Lustig, weil meine Tochter nach jeder Sendung die erstaunlichsten Dinge zu erzählen weiß. Und nicht zu vergessen Karl Lagerfeld, weil keiner mit dem Fächer so schön wedelt wie er. Ich würde auch Helmut Kohl ein langes Leben gönnen, weil es immer leicht ist, einem Verlierer den Ast abzusägen. Kaum legt sich der Leitwolf zur Ruhe, fallen die Wölfchen über ihn her. Bravo, ihr tapferen Helden, und ab in den Keller!

Wo sind denn nun eigentlich die Männer, die uns begeistern, obwohl sie lebendig sind oder – die Steigerung – gerade *weil* sie lebendig sind? Im Kino natürlich. Man kann sich ungestraft in sie hineinträumen, ohne Gefahr, sie anschließend am Hals zu haben. Und man braucht sich mit ihren gesammelten Macken, vorzugsweise werden diese bei Trennungen und Geldstreitereien herausgeschrien, ja nicht auseinanderzusetzen, wenn man sich einschlägigen Sendungen, Frauenillustrierten und Magazinen verweigert. Unter dem Motto »Nehme mir keiner meinen Traumprinzen« läßt es sich so herrlich weiterleben. Bloß – sollte man das Pech haben, ihn eines Tages leibhaftig kennenzulernen, dann nur unter der rechtzeitigen Vergewisserung, daß im Keller ausreichend Platz ist. Für Notfälle, versteht sich.

Aber lassen wir uns deshalb nicht entmutigen. Es gibt so viele Männer. Und jeden Tag werden es mehr. Ich will jetzt nicht sagen, daß es da auf einen mehr oder weniger nicht ankommt – im Gegenteil, ich rufe Sie auf: Geben wir ihnen eine Chance. Bieten wir ihnen die Gleichberechtigung an, und lassen wir sie weiter Straßen bauen, Handel treiben, Autos waschen, Rasen mähen und Glühbirnen auswechseln. Denn im Ernst – was nützt uns schon ein toter Mann?

Einige der Texte wurden schon an anderer Stelle veröffentlicht:

Statt eines Vorworts: Ich bin auch wer!
    Erstveröffentlichung in: Stern, 7. Mai 1997
Frauenhand auf Männerpo
    Erstdruck in: Jung gefreit, tief gereut. Ein Lese- und Bil-
    derbuch rund ums Heiraten. Herausgegeben von Anne
    Enderlein. Ullstein Taschenbuch, Berlin 1999
Begegnung auf Messers Spitze
    Erstdruck in: Kennst du das Land, wo die Geranien blü-
    hen? Balkongeschichten. Herausgegeben von Linda Walz.
    Kabel, München 2000
Der wahre Segen der Menschheit
    Erstdruck in: Schicke neue Welt. Erinnerungen an das
    21. Jahrhundert. Herausgegeben von Cornelie Kister und
    Annette Overkamp. Ullstein Taschenbuch, Berlin 1999
Mutterliebe
    Erstdruck in: Mordsgewichte. Kriminelle Leckerbissen
    von Gaby Hauptmann bis Regula Venske. Herausgegeben
    von Martina Bick und Tatjana Kruse. Serie Piper, Mün-
    chen 2000
Zärtlichkeit ... Zärt ... äh – was?
    Erstdruck in: Petra, Februar 1997

Hoch geehrt nützt wenig

Erstdruck in: Schrille Nacht, heillose Nacht. 24 Autoren suchen eine Krippe. Herausgegeben von Anne Enderlein und Cornelie Kister. Ullstein Taschenbuch, Berlin 1997

Es war einmal ein kleiner Spatz

Spiegel special, Nr. 10, 1997

Sechs Schwestern und ein Geheimnis

Erstdruck in: Geschichten zum Rotwerden. Über die wichtigste Sache der Welt. Herausgegeben von Sabine Blau. Serie Piper, München 2000

Statt eines Nachworts: Nur ein toter Mann ... ?

Erstdruck in: ARD-Presseheft »Lauter tolle Frauen«, Februar 1999

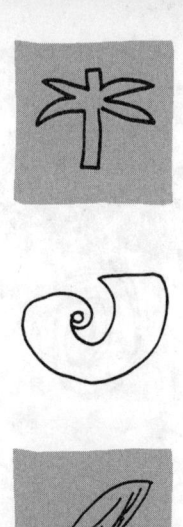

INHALT

Gaby Hauptmann

Suche impotenten Mann fürs Leben
Roman. 431 Seiten. SP3110

»Mit Charme und Sprach-
witz wird der Kampf der Ge-
schlechter in eine sinnliche
Komödie verwandelt.«
Schweizer Illustrierte

Eine Handvoll Männlichkeit
Roman. 397 Seiten. SP 3111

Das kann doch nicht alles gewesen sein. Meint Günther,
wohlsituiert und aus den besten Kreisen. Am Abend seines sechzigsten Geburtstages
faßt er einen nachhaltigen
Beschluß: Eine neue Frau
muß her!

Die Lüge im Bett
Roman. 363 Seiten. SP 3112

Mit leichter Hand und sprü-
hendem Witz schickt Gaby
Hauptmann ihre hellwache
und erfrischend durchtrie-
bene Heldin Nina in einen
Dschungel der Gefühle.

Nur ein toter Mann ist ein guter Mann
Roman. 379 Seiten. SP 3113

Gaby Hauptmann hat eine
listige, rabenschwarze Kri-
minalkomödie geschrieben:
einen frechen und hinterhäl-
tigen Roman über eine
Witwe, die eine Ehe lang im
Schatten ihres mächtigen
Mannes stand.

Frauenhand auf Männerpo
und andere Geschichten.
228 Seiten. SP 3114

SERIE **PIPER**

Gabi Hauptmann

Ein Liebhaber zuviel ist noch zuwenig

Roman. 317 Seiten. SP 3200

Immer montags hat sie Zeit für Lars, den muskelbepackten Mann fürs Abenteuer. Und im Hamburger Nobelhotel *Ramses* genießt Anna ihren Seitensprung in vollen Zügen – genau wie das Pärchen im Zimmer über ihnen. Leidenschaft verbindet, denkt Anna und ruft kurzerhand oben an. Sie legt auf, als abgenommen wird, aber im selben Moment herrscht oben Totenstille. Und am nächsten Tag bringt die Zeitung eine unfaßbare Nachricht: Im *Ramses* wurde ein Mann tot aufgefunden, und zwar genau im Zimmer über Lars und Anna. Als Annas Ehemann Rainer, der scheinbar kreuzbrave Anwalt, mit dem Fall zu tun bekommt, bleibt ihr nichts anderes übrig, als heimlich auf eigene Faust zu recherchieren.

»Frech und erfrischend amüsant ist Gaby Hauptmanns schwarze Komödie über die mörderischen Tücken des modernen Seitensprungs. In »Ein Liebhaber zuviel ist noch zuwenig« fliegen nicht nur im Bett die Fetzen.«
Frau im Spiegel

»Gaby Hauptmann ist das perfekte Klischee, ein Großangriff auf die männlichen Triebwerke.«
Gala

Gaby Hauptmann

Die Meute der Erben
Roman. 318 Seiten. SP 2933

Anno Adelmann wird von seiner erbsüchtigen Familie belauert. Zu seinem 85. Geburtstag versammeln sich die vier Töchter des ehemaligen Großindustriellen mit ihren Ehemännern in seiner alten Villa in Lindau am Bodensee. Caroline, die kleine Tochter einer Nachbarin, die beim Fest helfen will, wird rüde zurückgewiesen und erscheint schluchzend bei ihrer Mutte Ina. In der jungen und attraktiven Ina erwacht die Wut gegen die habgierige Meute, und sie greift zu den Waffen einer Frau. Anno erkennt seine Chance, seiner Familie einen letzten großen Streich zu spielen, und vereinbart mit Ina eine Scheinliason. Mit ihr und ihrer Tochter zieht neues Leben in der Villa ein: Romy, 84jährig, exaltiert und lebenslustig, mit ihrem 33jährigen »Kümmerer« Claudio, der seinerseits an Ina interessiert ist, und Enkelin Julia, die von ihrer Mutter den Auftrag hat, alles auszuspionieren, sich aber lieber um Niklas, den Enkel von Romy, kümmert. Während in der Villa alle glücklich sind, toben draußen die Intrigen. Entführung, Verleumdung, Hetzkampagnen – alle Mittel sind Annos Familie recht, um gegen die angekündigte Hochzeit zu kämpfen und sich dadurch das Erbe zu sichern. Als Romy vergiftet aufgefunden wird, erscheint das die passende Gelegenheit, Anno entmündigen zu lassen und sich Ina gewaltsam vom Leib zu schaffen.

Hilke Rosenboom

Adam und ewig

Eine kurze Liebesgeschichte.
203 Seiten. SP 2739

Wo die Liebe nur immer hinfällt! Manchmal direkt vor die Füße – so widerfuhr es Susan, der fleißigen Kinderärztin, als sie vom Fahrrad und genau in Adam Beins Arme stürzte. Beide spüren ein Kribbeln im Bauch – sie verabreden sich: die brave Susan, sechsunddreißig Jahre alt, deren Knut als Entwicklungshelfer in Ragatonga weilt, und Adam Bein, der auf der Straße lebt und überdies ein wenig zu jung ist für sie. Ein Stadtstreicher! Doch was schert es die Liebe, daß die beiden eigentlich nicht zusammenpassen! Denn eine wunderschöne Romanze voll ungeahnter erotischer Leidenschaft beginnt – zu schön und einmalig, um einfach in ein Happy-End zu münden.

Rezepte, für die man geheiratet wird

142 Seiten. SP 2954

Sie wollen einen Ehemann, und zwar den besten von allen? Dann ist dieses Buch genau das richtige für Sie. Es ist kein Buch über die Kunst der Verführung und keines über erotische Kochrezepte. Es enthält keinen Hinweis für selbstgemachten Lippenstift mit Erdbeergeschmack. Statt dessen präsentiert Hilke Rosenboom nicht nur eine freche Charakterisierung verschiedener Männertypen und ihrer Vorlieben, sondern auch fünfundzwanzig absolut sichere Rezepte, von denen jedes einzelne einen Mann in die Knie zwingt, wo er dann seinen Heiratsantrag machen kann. Ein augenzwinkernder Ratgeber für alle Frauen, die ihre Suche nach dem Mann fürs Leben erfolgreich abschließen wollen.

Ellen Fein, Sherrie Schneider

Die Kunst, den Mann fürs Leben zu finden
»The Rules«. Aus dem Amerikanischen von Renata Platt. 176 Seiten. SP 2461

»Männer sind Jäger und begehren stolzes Wild. Daher hat eine Frau freitags Einladungen für den Samstag abzulehnen. Kurzfristige Zusagen lassen sie als leichte, langweilige Beute erscheinen und den Mann fürchten, daß sie nur darauf warte, sich und ihr Elend ihm an den Hals zu werfen. Das trifft zwar zu, sie verschweigt es aber und spielt in heiratstaktischem Feminismus die Selbständige – nicht um ihrer Autonomie willen, sondern weil den Männern nur die Frauen keine Ruhe lassen, die sie in Ruhe lassen.«
FAZ-Magazin

Nate Penn, Lawrence LaRose

Die Kunst, der Frau fürs Leben zu entgehen
Aus dem Amerikanischen von Massimo Spitz. 127 Seiten. SP 2818

Hier die längst überfällige Antwort auf die unzähligen Anweisungen, wie Frauen den Mann fürs Leben finden. Nate Penn und Lawrence LaRose geben den Männern die notwendigen Tips, wie sie sich die Frau ihres Lebens garantiert vom Hals halten. Unfehlbare Anleitungen, damit auch Sie in Zukunft auf keine Sportschau verzichten müssen, nie einen sündhaft teuren Ring für die Liebste kaufen müssen und in Ihrem Leben alles so bleiben kann, wie es schon immer war ...

»Dieses Buch ist witzig und vor allem nicht ernst gemeint.«
Der Spiegel

SERIE PIPER

Martina Mettner

Das Blaue vom Himmel
Roman. 384 Seiten. SP 2661

Die Leidenschaft von Lars, Monas Ehemann, erweist sich wieder einmal als Volltreffer – nicht für Mona, sondern für seinen Beruf. In letzter Minute vor dem Aufbruch in die »zweiten Flitterwochen«, wie sie es beziehungsbewußt nennen, versetzt er sie, und Mona sitzt allein im Flugzeug Richtung Hawaii. Ein Flug ins Ungewisse, nichts wird aus dem Vorsatz, die Ehe im Urlaub aufzufrischen. Doch Reisebekanntschaften sind auch was Nettes! Schon im Flugzeug das Ehepaar Plötzen und ein junges Pärchen, in Miau auf Hawaii dann Robert Vonhofen, der Sean Connery ähnelt. Als ihr Mann Lars schließlich doch noch eintrifft, ist Mona schon ein wenig eine andere Frau geworden.

Karriere in Aspik
Roman. 372 Seiten. SP 2514

Für Simone Störmer, 34, Kunsthistorikerin mit Doktortitel, geht es seit neuestem um die Wurst. Sie läßt sich von Cäsar Zipfel, einem mittelständischen Unternehmer der Fleischwarenbranche, als PR-Chefin einstellen und gerät damit ziemlich in des Teufels Wurstküche. Ein Wahnsinns-Job: Der Chef, ein chaotischer Visionär, das Betriebsklima ebenso am Nullpunkt wie die Qualität des täglichen Kantinenessens, die persönliche Assistentin demotiviert und diätbesessen. Und zu alledem eine Wochenendbeziehung in der Krise. Als ihr Chef schließlich die gesamte Republik mit Schlemmerpassagen überziehen will, krönt Simone Störmer ihre Karriere mit einem Werbefilm, den sie ohne Etat und sinnvolles Material in kürzester Zeit auf die Beine stellt.

Jutta Motz

Drei Frauen und das Kapital
Roman. 300 Seiten. SP 2577

Was macht eine frischgebak-
kene, glückliche Witwe, die
im feinsten Viertel von
Frankfurt wohnt, wenn sie
entdeckt, daß sie pleite ist?
Ihr Mann, offensichtlich ein
Wirtschaftskrimineller, hatte
ein Nummernkonto in der
Schweiz, aber sie und ihre
zwei Töchter wissen nicht,
wovon sie Lebensmittel kaufen sollen. Wo ist das Geld
und, wenn es gefunden ist,
wie bringt man es über die
Grenze? Fragen, auf die Ruth
Meckel keine Antwort weiß,
denn Richard sorgte bis zu
seinem plötzlichen Herztod
für alles. Auf abenteuerlichen
Wegen und an einer Leiche
vorbei, läßt Jutta Motz ihre
Heldinnen witzig, unpräten-
tiös und frech zum erhofften
Happy-End jagen.

Drei Frauen auf der Jagd
Roman. 298 Seiten. SP 2987

Angelas wohlverdiente Feri-
en sind nah – doch zwei Wochen davor wird ihr Nach-
bar, ein CSU-Politiker und
Bauunternehmer, durch eine
Bombe im Auto getötet.
Ganz Krummbach steht
kopf, denn Motive gibt es
reichlich: Der reiche Bauunternehmer hatte viele nicht
ganz saubere Geschäfte laufen und eine mysteriöse Ver-
bindung zu einer Boutique-
besitzerin. Politisch zwar im
anderen Lager, wittert An-
gela, die grüne Landtags-
abgeordnete, einen brisanten
Skandal: Die Nachforschun-
gen der ermittelnden Beamten sind verdächtig zurück-
haltend. Unterstützt von ihren beiden patenten Busen-
freundinnen Marlene und
Christine machen sich die
drei auf die Jagd nach dem
Mörder.

SERIE
PIPER

Ulla Fröhling

Nur noch einmal
Erotische Geschichten.
165 Seiten. SP 2019

Diese Geschichten erzählen von Frauen, die aus dem geregelten Alltagstrott ihres Sexuallebens freiwillig oder unfreiwillig ausscheren. Sei es, weil sie von einer ungewöhnlichen Triebstruktur gebeutelt werden, wie Sarah, die der bloße Anblick eines Schornsteinfegers augenblicklich auf den höchsten Gipfel der Lust versetzt, sei es, daß sie, wie Helma, ihre sexuelle und finanzielle Versorgung gründlichst selbst in die Hand nehmen müssen, da der angetraute Ehemann in jeder Hinsicht seine Pflichten verweigert. Nicht alle sind so bescheiden wie Margarethe, die sich erst zu ihrem 80. Geburtstag noch einmal einen Luxus leisten möchte: einen nackten Mann.

Lust an der Lust
Ein Lesebuch der Begierden.
Herausgegeben von Linda Walz
und Gerhard Seidl. 288 Seiten.
SP 2660

Was wäre das Leben ohne die Wonnen der Lust? Sicher viel einfacher und übersichtlicher, aber auch erheblich trister und langweiliger! So ist denn auch die Lust – ob im Glück der Erfüllung oder in den Qualen der Versagung – von jeher ein unerschöpfliches Thema der Literatur. Alle Lüste dieser Erde, alle sinnlichen Genüsse präsentiert der Texte-Strauß dieser Anthologie: die Fleischeslust con variazioni und die Erregung des Berührens, das barocke Vergnügen am guten Essen und Trinken, der Genuß des Rauches, das Schwelgen in Düften und Farben. Berühmte Autoren aus aller Welt von der Antike bis heute schildern in Erzählungen, Romanen, Gedichten die Lust, die uns die Lust bereitet.

Franziska Stalmann

Champagner und Kamillentee
Roman. 230 Seiten. SP 1541

Nach dreizehnjähriger Ehe wird die 39jährige Ines von ihrem Mann in Rekordzeit »ausgemustert«. Er wird anderweitig Vater und will eine schnelle Scheidung. Ines steht fassungslos und allein da, ohne Beruf, ohne Ausbildung, ohne Freunde.

Wie sie sich langsam fängt und sich mit neuem Outfit und neuen Aufgaben zum Schwan mausert, schildert die Autorin mit Charme, Sprachwitz und viel Situationskomik.

Ein »Frauen-Power-Buch, süffig wie ein Glas Champagner.«   Brigitte

»Spaß vom Allerfeinsten.«
                                                            Die Welt

Lieber die Taube in der Hand
Roman. 260 Seiten. SP 1788

Agnes hat auf einmal ihre schaumgebremsten Männerbeziehungen gründlich satt, besonders ihr Arrangement mit Rainer, der mit ihr ins Bett und auch mal ausgeht, sonst aber nicht viel braucht. Agnes ist vierzig und Psychologin, seit langem geschieden, und hat noch Jessica, eine wohlgeratene Tochter, die schon studiert. Jetzt, nach all den mageren Jahren, könnte sie sich eigentlich mal was Richtiges gönnen, eine schöne, fette Liebe mit allem Drum und Dran. Doch wie und wo findet man in diesem Alter den passenden Mann? Sie weiß, daß sie eigenwillig und anspruchsvoll ist und nicht bereit, jeden zu nehmen.

SERIE PIPER